선우명수필선 ㉚

미완의 집

―

김애자 수필선

선우미디어

빈들에 서서

짝 잃은 해오라기처럼 홀로 나와, 추수가 끝난 들녘을 바라본다. 숱한 생명을 품어 기르던 노역의 시간들을 내려놓은 대지의 고요한 안식과, 늦가을의 잔광이 쓸쓸하면서도 평화롭기 그지없다. 저렇듯 비워야만 안식의 고요함에 들 수 있는 것을.

비움으로 더 깊어지는 빈들에 서면, 한 해의 잘못을 모두 털어놓고 용서를 빌고 싶도록 숙연해진다. 마른풀도 그림자를 지우는 일몰의 들녘에서 돌아와 아궁이에 불을 지핀다. 밥상머리에 둘러앉은 가족들처럼 어깨를 맞대고 섰던 나무들이 벌채를 당해 살아온 시간과 아픈 옹이를 활활 태우고 있다. 어쩌면 나도 글 쓰는 작업을 통해 삶의 흔적들을, 추억이란 이름으로 간직된 기억의 편린들과 가슴에 맺힌 옹이와 연민을 각기 다른 음계로 풀어내기 위해 저 불꽃처럼 아낌없이 文氣를 소진시켰는지 모른다.

그러나 개인의 산물에 지나지 않는 것들이기에 이번에는 더 많이 조심스럽고 부끄러웠다. 하지만 갈가마귀 떼들이 우짖는 입동 무렵이면, 부끄러운 마음으로 작품을 추리던 이 가을을 그리워하게 될 것이다. 시래기를 엮어 뒷벽에 매다는 나의 사소한 일상이 새삼 소중하게 여겨지기도 할 것이며, 돈벌이도 안되는 선집을 선뜻 내준 이선우 사장님의 웅숭 깊음이, 빈들에 서서 바라다본 일몰의 잔광처럼 고운 빛으로 다가오기도 할 것이다.

2004년 11월 초에
東垌薺에서 김애자

김애자 수필선⑩

미완의 집

차례

■ 머리말

1. 세월

回想 *2.*

未完의 집 *3.*

1.

세월

어머니의 강

강가에 차를 대고 곤히 잠든 어머니 얼굴을 들여다본다. 세수 92세가 되고부터 염주도 놓고, 흙으로 돌아가야 한다고 침이 마르도록 읊으시던 귀거래사도 잊으셨다. 어머니의 기억 속에 저장되어 있던 삶의 숱한 편린들이 삭제되어버린 이후, 그분은 그저 먹고 자는 원초적인 본능에 따라 무위로 움직일 뿐이다.

사람이 과거의 기억에서 놓여난다는 것은 슬픈 일이다. 뇌 세포가 거반 손상된 어머니는 살아있으되 살아 있는 자가 누려야 할 모든 권리를 상실하였다. 무심무념(無心無念)의 상태에서 검불 같은 노구도 운신하기가 귀찮고 힘겨워 하고많은 날을 방안에서만 지내신다. 정체된 삶, 닫혀버린 시간 속에서 아무런 의미도 느끼지 못한 채 겨울을 건너 이 봄날, 강가에 나오시었다.

노모께 한 번은 이 강을 보여주고 싶었다. 강은 그분에게 잊을 수 없는 그리움의 공간임을 너무도 잘 알기에, 끝내 모르쇠 하면 돌아가신 후에 회한이 될까 싶어서다. 때문에 강을 기억할 것이란 기대는 아예 거두고, 단지 촛

농에 다붙은 심지 같은 눈동자에 저 푸른 물빛을 담아드리는 것만이 중요했다. 그래서 목욕을 시키고 손톱과 발톱을 깎고 미장원에 가 머리도 손질하였다. 그렇게 떠나온 길이건만 어머니는 여전히 견고한 정적 속에서 깨어날 기미를 보이지 않는다.

어머니께서 강과 로맨스를 시작한 것은, 강마을로 시집오고 나서였다. 평산신씨 가문에서 열여섯 나이에 출가하여 대면한 강물은 어린 새댁에게 낭만과 동경의 시원이 되기에 충분하였다. 장마 때면 물이 불어나 목계나루에 배가 며칠씩 묶여 있을 양이면, 뱃사람들과 보부상들이 몰려와 떠들썩하였고, 기녀들이 치는 설장고가 강물을 타고 꿈결인 양 아득하게 울려 퍼졌다.

목계는 일찍부터 물물교환의 메카였다. 한양과 영월로 뗏목이 오고가는 중심지답게 강심이 깊었고, 강폭 또한 넓었다. 그러므로 내륙에서 나오는 곡물과 바다에서 나는 해산물이 주로 이곳에서 거래되어 강원, 충청, 경상, 경기도로 풀려 나갔다. 이로 하여 나루 특유의 민속문화가 자연스럽게 발달하였다.

그 중, 정월 초아흐렛날에 지내는 뱃제사와, 줄다리기 행사는 대단했다. 동편과 서편으로 나누어 처음엔 아기줄로 시작하여 차차 승벽이 커지면 편장(偏長)을 세우고, 용줄을 드리는데 이때, 용머리는 칠 척이나 되었고, 몸체는 백 척이 넘었다고 한다. 이 거대한 줄을 백사장으로 옮길 때 수줄 편장은 꿩의 장목에 푸른 기를 달고 풍물

패를 앞세웠으며, 암줄 편장은 노란 띠에 공작모를 쓰고 치열한 선두 다툼을 벌이며 경계선에 이르렀다. 그런 후에 비녀목을 지르곤 동편과 서편에서 모인 동민들이 보름이상 줄다리기를 벌였다고 하니, 그야말로 장관을 이룬 축제였을 터였다.

이렇게 줄다리기가 이어지는 행사기간에는 어린 새댁에게도 문밖출입을 허용하였다. 귀밑에 솜털이 채 벗겨지지 않은 열일곱 각시와, 여드름이 함박 돋아난 열아홉 신랑이 가만가만 대문을 열고 나와선, 강둑 저 만치에 앉아 은밀하게 밀월을 나누다간 돌아오곤 했단다. 앳된 청춘남녀가 강 언덕에서 밤 깊도록 밀월 하던 장면을 떠올리면, 사랑의 클라이막스를 느끼게 된다. 그리곤 태곳적 압록강 가에서 버들아씨 유화가 해모수와 정을 나누던 모습도 그러했을 것이란 상상도 해 본다. 진실로 사랑이란 단어는 맑고 따뜻하고 미학적이다.

하지만 강은 한 여인에게 따뜻하고 미학적인 추억만을 만들어 주지 않았다. 지아비를 머나먼 타국으로 떠어 보내는 별리의 아픔이 그 강가에서 연출되었다. 야속한 일이었다. 강물이 얼고 풀리기를 수십 차례나 거듭하였으나 번번이 기다림을 배반하였으므로, 허망함, 괴로움, 곤고함, 서러움 등이 갈피없이 뒤섞인 삶을 홀로 감당해야만 했다. 그러는 동안 세월은 강물처럼 흘러, 외롭고 쓸쓸한 여정의 끝, 존재와 부재의 간극에까지 이른 것이다.

어머니의 나약한 어깨를 가만히 흔들어 본다. 부시시

깨어나셨으나 수면 위로 내려꽂히는 빛의 굴절이 눈부신
가. 미간에 잡힌 주름이 가볍게 경련을 일으키다 가라앉
는다.

"어머니, 강이예요." 그러나 노모에게는 강물도 부질없
다. 무릎 위에 놓인 사탕봉지로 손이 갈 뿐이다. 사탕 한
알을 입에 물고 우물거리다가 다시 눈을 감고 정묵(靜默)
에 드신다.

당신에게, 이제 저 강은 헛것이다. 아니 강만이 아니
다. 곁에 있는 딸도 헛것이요, 자신조차도 헛것일진대,
세상살이 중 헛것 아닌 것이 어디에 있다고 사위스럽게
눈을 뜨시려 하시겠는가.

(2002년 봄)

돌아오지 않는 여우와 하현달

닭 우는 소리에 눈을 떴다. 창문이 환하여 머리맡에 걸린 시계를 올려다보니 네 시다. 동이 트려면 아직 멀었을 시간인데도 사물의 윤곽이 정확하게 드러난다.

날짜를 꼽아 보니 동짓달 스무이틀이다. '아, 하현달이 떴구나.' 반가움에 일어나 쌍바라지로 된 여닫이창을 활짝 열자 고요히 머물러 있던 달빛과 찬바람이 일시에 밀려든다. 얼른 뒤로 물러나 달빛과 바람을 공손히 모셔들인다. 만월이 아닌 그믐을 향해 야위어 가는 달이라서, 아니 한밤에 뜨는 달이라서, 괴로움에 잠들지 못했거나 새벽에 깨어난 사람만이 볼 수 있는 달이라서, 그렇게 공손히 모셔들이지 않으면 안될 것 같아서다.

닭 우는 소리가 그치자 사위는 다시 고요하다. 달빛 아래서 실루엣으로 서 있는 느티나무며 동쪽 울을 끼고 굽이쳐 돌아나간 여울이며, 여울을 따라 이어진 전답이며, 그 사이로 조붓하게 뻗어나간 농로와 마른 잡목들의 구도가 정갈하다.

TV채널도 잡히지 않는 오지로 들어온 후 남편과 나는

새로운 인생을 살고 있다. 내년 봄 화단에 심을 파초의 구근을 얻어다 땅에 묻고, 강아지에게 새집을 마련해 주고 벌채하는 곳에서 통나무도 한 트럭 사들였다. 겨울을 나기 위해 땔감을 사들이고 먹을 것을 비축하면서, 잎을 떨어내며 겨울나기를 준비하는 나무들의 그 역현상을 보고는 부끄럽기도 했다. 그러나 자연의 속도에 맞추어 살아가는 방법을 터득하는 작은 기쁨을 누렸다. 세상을 쉽게 사는 이치가 생활을 간소하게 줄이고 생각을 단순하게 가지는 데 있음을 늦게나마 깨닫게 된 것도 감사한 일이다. 이런 것들은 사소한 듯싶지만 실은 새로운 삶에 이정표를 세우는데 있어 매우 중요하기 때문이다.

　얼마 전, 볼일이 있어 청주에 갔었다. 우연히 찻집에서 S시인을 만나 차를 마시면서 문학에 관한 얘기를 나누게 되었다. 그는 요즈음 인터넷으로 들어오는 작품들은 묘사가 쉽고 감각적이라며 문학의 본질과 형태가 바뀌고 있어 기성작가들도 이런 시대의 흐름에 동참하지 않으면 마치 못 속에 비친 자기 모습을 사모하다 죽은 나르키소스처럼 혼자 쓰고 혼자 읽다가 사멸하게 될지 모른다고 했다. 그는 또 문학에서만 그런 것이 아니고 21세기의 생명공학의 발전은 사람의 수명을 150살 이상으로 연장시키게 될 것이라고 장황한 설명을 늘어놓았다. 암은 물론 모든 질병은 의약품이 해결해 주고, 인간의 지능을 능가하는 로봇이 명령만 내리면 제가 알아서 집안일을 척척 해주는 기차게 좋은 세상이 올 것이니 부디 섭

생을 잘하라는 덕담으로 대화를 마무리짓고 헤어졌다.

그 날 시인이 살고 있는 도시의 하늘은 별 하나 보이지 않는 잿빛이었다. 나는 자동차들이 광기처럼 쏟아내는 라이트와 네온사인과 가로등이 어둠을 살라먹고, 물질의 성채가 인간의 욕망을 끊임없이 부추기는 도시를 뒤로 떠나왔다. 떠나오면서 내내 보이지 않는 입자로 부유하는 오애(汚埃) 속에서 아마도 시인은 오늘밤에도 신화가 아닌 실존의 나르키소스가 되지 않으려고 사이버 공간에서 젊은 작가들과 새로운 접속을 시도하고 있을지 모른다는 생각을 하였다.

그리고는 밤늦게 집으로 돌아와 군불을 지폈다. 정말 산골로 들어오기를 잘했다는 생각을 하면서 여봐란듯 장작개비를 아궁이에 가득 집어넣었다. 불꽃이 너울너울 고래 깊숙이 들어가자 굴뚝에선 푸른 연기가 뭉글뭉글 피어올랐다. 질화로에 잉걸불을 담아다 놓고, 달구어진 아랫목에 엎드려 안도현의 시집 『그리운 여우』를 읽었다. 가끔 가랑잎 굴러가는 소리에 귀를 모으면서. "여우 한 마리가 배가 고파서 마을로 타박타박 힘없이 걸어와선, 산 속에 두고 온 어린것들을 생각하고, 두리번두리번 먹을 것이 없나 하고 살피다가, 마른 시래기만 걸린 소도 없는 외양간 뒷벽에 눈길을 주다가, 아는 척도 하지 않는 사람들이 야속해서, 세상을 차듯 땅바닥을 뒷발로 탁탁 치다가" 돌아갔을 여우가 혹여 문밖에 와 있지 않을까 싶어 가랑잎 굴러가는 소리에 귀를 곤추세우곤 하였다. 정말 여우가 내려왔으면 좋겠다. 마른 북어라도 한 꾸러미 내주어 어린 새끼들이 허기를 면할 수만 있다면.

그러나 여우는 내려오지 않는다. 산간에 전깃불이 들어온 후 여우는 광휘로운 문명의 빛을 피하여 더 깊은 산속으로 몸을 감추어 버렸기 때문이다.

여우가 사라진 산촌은 마치 전설을 잃어버린 달과 같다. 달 속의 계수나무를 찍어다가 대궐 같은 집이 아닌, 초가삼간을 지어 어버이를 모시고 천년만년 살고싶어 하던 효자의 갸륵한 소망이 인간의 도리를 일깨우던 노래가 마치 인정머리 없는 세상을 뒷발로 툭툭 치다가 힘없이 산으로 돌아간 여우처럼 그렇게 우리 곁에서 쓸쓸하게 사라져버린 탓이다.

문명의 빛으로 동물들과의 교류가 끊어진 단절감 때문에 나는 인터넷 속으로 들어가기를 주저하고, 달의 표면에 특급호텔을 지을 것이라는 엄청난 변화를 수용하지 못한다. 아니 수용을 못하는 것이 아니라 수용을 거부한다는 편이 더 옳을 것이다. 달나라 호텔에서 잠을 자고 우주공간에 나가 무중력상태에서 유영을 즐기고, 우주열차를 타고 지구 전체를 하루만에 돌고 와 집에서 저녁 식사를 할 수 있다는 첨단과학을 거부하는 것이 아니다. 그 첨단과학이 주는 호화스러움을 쫓아가기 위하여 사람들은 지금보다 더 돈벌이에 미친 듯 기를 쓰며 수단과 방법을 가리지 않고 질주할 것을 우려해서다.

자본주의 사회에선 자본 그 자체가 경쟁이다. 경쟁의

속도에 따라가지 못하면 달나라에 있는 초특급 호텔도, 하루만에 지구를 돌고 올 수 있는 우주열차도 그림의 떡이다. 똘방지고 돈 많은 사람들만이 로봇을 부리고 우주여행을 즐기고 노화되는 세포와 장기를 교체해가며 오래살게 될 것이다. 집안에서 학교수업도 직장의 업무도 컴퓨터 화면으로 해결하는 그런 세상이 되면 어떻게 노동의 가치를 알 것이며, 파초의 구근에서 새순이 움트는 경이로움을 어떻게 발견할 것인가. 사람과 사람이 서로 만나고 헤어지는 인간적인 아픔이나 기쁨을 어디서 찾을 수 있을 것인지 나는 그것을 두려워하고 있다.

여명의 직전, 정갈한 구도의 아름다움을 품고 있는 하현달을 보며 가만히 입 속으로 뇌어본다. 흙과 농부, 닭우는소리, 장작더미와 저녁연기, 빨랫줄과 바지랑대, 이런 조화로움의 전체성이 새로운 밀레니엄 시대에도 여전히 지켜지기를 희원(希願)하며 여닫이창을 닫는다.

(2000년 봄)

손의 말씀

바지랑대를 높이 고여 이불을 내다 널었다. 이부자리를 거풍한 날 밤엔 이불에서 바람냄새가 난다. 따뜻한 아랫목에서 바람냄새 상큼한 침구를 덮고 누워있으면 살아 있다는 것이 행복하다.

오늘은 볕도 좋지만, 살랑거리는 샛바람이 더 좋다. 이런 날에는 아무리 마음 단속을 잘해도 바람을 탄다. 차를 끌고 나가 강변이라도 한 바퀴 돌고 오면 속이 시원하련만, 지금 내 앞에는 일거리가 산더미처럼 쌓여있다. 남편이 표고버섯 종균을 넣으라고 가져다 놓은 참나무 토막이 자그마치 일백 오십 개다. 버섯 목 길이가 1m 20cm인데, 그 나무토막에는 드릴로 오십 개 정도 구멍을 뚫어 놓았다.

지금부터 나는 7천 5백여 개의 구멍에 종균을 박아야 한다. 이럴 때일수록 마음을 느긋하게 갖는 것이 상책이다. 그런데 눈길이 자꾸만 종균이 들어있는 캡슐로 간다. 언제나 눈은 일거리를 만나면 이렇게 잔꾀를 부리거나 겁부터 집어먹지만, 실상 일은 눈이 하는 게 아니고 손이

도맡는다.

처음 이사와서다. 옆집 할머니가 지팡이를 짚고 나와 느티나무 아래서 쉬고 계시었다. 그 때 손주가 경운기에 파를 가득 싣고 와 할머니 앞에 부려 놓았다. 파를 본 나는 기가 질려 할머니께 이 많은 파를 혼자서 언제 다 가릴 수 있느냐고 걱정을 하였다. 그러자 할머니는 빙그레 웃으며 말씀하시었다.

"눈은 일거리를 보면 놀랜다우. 저걸 언제 다하나 싶어서겠지. 그러면 손이 눈에게 이렇게 말한다네. 걱정하지 마, 너는 내가 실수만 하지 않도록 잘 지켜보면 일은 내가 다 알아서 할 거야."

손의 말씀대로 땅거미가 내릴 무렵, 느티나무 밑에는 가지런히 다듬어 놓은 파가 쌓여 있었다. 다음날 새벽, 가락동 시장으로 올라갈 파였다.

(2001년 7월)

산국을 태우며

오늘은 종일토록 눈이 내리다가 그치고, 그쳤다가 또 퍼붓곤 한다. 산정에 도열한 나목들의 오연한 기개가 설무(雪霧)에 잠기고, 마당에 쌓이는 눈은 희고 희어서 푸른 착시를 일으킨다. 가을은 붉은 치맛자락을 감아쥐고 쫓기듯 급류를 타고 건너가더니만, 겨울은 옥양목 도포 자락을 날리며 쉬엄쉬엄 넘어가실 모양이다.

매무새 깔밋한 박새가 마당가에 세워 놓은 솟대에 자발없이 올라앉아 꽁지깃을 까불거린다. 필시 배가 고파서 날아온 모양이련만, 하는 짓거리가 햇갑기 짝이 없다. 쌀이라도 한 줌 주고 싶은데 천지가 눈이다. 어디에다 먹이를 뿌려야 할지 망설이는 동안 녀석은 개울 건너로 포르릉 날아가 버렸다.

다시 고즈넉하다. 추녀 끝에 매달려 얼음의 결정(結晶)인 듯 명징한 울림을 떨구던 풍경마저 미동도 않는다. 눈발 속에서 미동도 않는 침묵이 오히려 발원(發願)의 중량보다 더 무겁다.

일찌감치 군불을 지피곤 질화로를 내다 불을 담았다.

엄동설한에 외풍을 막아주는 데는 화롯불보다 더 좋은 난방기구는 없는 성싶다. 발갛게 이글거리는 잉걸불을 묵은 재로 다독다독 누르고, 마른 산국 몇 송이 뿌려 서재로 들여놓았다. 실낱같이 피어오르는 푸른 연기를 타고 향긋한 꽃내음이 방안을 채운다.

산국은 된서리를 맞은 후에야 고운 빛깔과 향기로 제자품을 드러낸다. 그야말로 오상고절(傲霜孤節)이다. 이곳으로 이사온 후, 한 해도 거르지 않고 산국을 따다 말려두고는, 가끔씩 차로 우려 마시거나 화롯불에 넣어 피우곤 한다. 산촌에 살면서 적적함을 달래는 유일한 즐거움이다.

채국(採菊)할 즈음에는, 해만 설핏해도 한기가 살품으로 파고든다. 쇠잔하게 사그라지는 잡풀 사이에서, 노란 물감을 풀어놓은 것 같은 꽃무더기에 묻혀 앙증맞도록 작은 꽃송이를 따다 보면, 시정이 절로 인다. 거실 벽에서 굴원의 어부사(漁父辭)를 떼어내고, 도연명의 「잡시(雜詩)」를 걸어 놓은 것도 대쪽 같은 선비의 결기보다는, 동쪽 울타리 밑에서 국화를 따는 은자(隱者)의 모습이 더 좋아서다. 그분의 눈에 유연히 비쳐드는 남산과, 그 산에서 뿜어 나오는 아름다운 기운과, 날아가고 날아오는 새들의 울음에서 자연의 진의(眞意)가 있다고 한 시구가 좋아서다. 아니 그 진의 앞에서 말을 잊었다는 언외(言外)에 담긴 시 맛이 좋아서다. 그런 맛을 내기까지 운명으로 달관하고, 비애로 달관하고, 체념으로 달관한 고매한 정신이 좋아서다. 이와 같은 경지를 헤아려 볼 만큼 나이테를 감은 내 연륜이 고마워서다.

　사람이 그럴싸하게 나이를 먹는 것은 좋은 일이다. 대체적으로 60대로 접어들면, 삶의 굴곡을 여러 번 넘나들었던 경험을 지니게 된다. 그러므로 해야 할 일과, 해선 안될 일을 분별할 줄 알게 되고, 더 이상 미래를 생각하며 새로운 희망을 키우거나 이상(理想)을 품지 않는다. 대신 과거에 대한 그리움이 짙어진다. 이루지 못한 회한 때문에 젊은이들을 보면, '나도 저 나이라면, 아니 30대만 되었어도 좋겠다'는 말을 자주 입에 올린다. 급하던 성격도 누그러지고 귀에 거슬리는 말을 들어도 속에다 오래 묵새기지 않는다. 불쾌한 일일수록 빨리 마음에서 털어버리는 것이 자신을 위해서나 상대를 위해서도 좋은 일임을 알기 때문이다. 식성도 변한다. 단것을 좋아하던 사람이 쓴것으로 바뀌기도 한다.

　그러나 이런 것은 여벌에 가깝다. 중요한 것은 자녀들의 교육과 결혼문제가 어느 정도 해결되었다는 점이다. 어깨에 지고 있던 짐을 내려놨으니 얼마나 홀가분한가. 게다가 직장에서도 은퇴를 했다면 시간의 얽매임으로부터 놓여나 비로소 자신이 하고 싶었던 일을 맘먹고 할 수 있는 자유가 주어진다. 참 괜찮은 나이다.

　다만 뇌의 세포가 점점 퇴화되는 것이 안타까울 뿐이다. 그렇게 잘 외우던 단어가 막히거나, 대화 도중에 책의 제목이나 친구의 이름이 생각나지 않아 말을 더듬는 경우도 종종 생긴다. 때로는 전날 밤에 가방에다 잘 챙겨 넣은 서류나 도장 같은 것을, 다음 날 아침에는 엉뚱한 곳에서 찾느라 법석을 떨어댄다. 이럴 때는 정말 한심스럽다. 그렇지만 어찌하겠는가, 이것도 자연의 순리인 것을.

오류선생도 이런 연륜의 어름에서 「잡시」를 짓지 않았나 싶다. 말발굽 소리가 들리고, 마차가 지나가고, 사람들의 발걸음이 그칠 줄 모르는 시정에 묻혀 살면서도, 세상의 소리를 귀 밖으로 물리칠 줄 아는 초연함은, 이러한 순리를 깨달아야만 가능하다.

내가 사는 곳은 앞도 산이고 뒤도 산이다. 첩첩산중이어서 눈이 오면 빙판 진 산굽이를 돌아나갈 수 없어 봄이 올 때까지 발이 묶인다. 외로움이 깊어지면 수척해진 그림자를 끌고 휘적휘적 산으로 들어간다. 겨울산은 노년의 빛이다. 성장만을 위한 치열한 향일성(向日性)으로 눈부시던 지난날의 흔적이라고는 마른 잎새뿐이다. 낙엽을 밟거나 눈 위에 발자국을 남기며 걷다가 바람이 불면 걸음을 멈춘다. 나무들이 온 몸을 흔들며 울기 때문이다. 감수성이 예민한 어린 나무들은 자지러지는 소리로, 수직상승으로만 치솟은 낙엽송은 밑동까지 흔들며 깊은 울음을 토한다.

그러나 바람은 무정하다. 이쪽 산에 나무들이 울음을 그치기도 전에 저쪽 골짜기로 옮겨간다. 다만 울지 않는 것은 사슴뿔을 단 고사목 뿐이다. 바람이 아무리 흔들어

대도 옴짝도 않는, 이끼 끼도록 폐쇄된 무심이 서글프다. 이미 존재의 의미를 잃은 무심과, 바람을 안고 우는 유심 사이에서, 죽어 있는 것과 살아 있는 것의 차이가 얼마나 깊은가를 생각해 보곤 한다.

눈발이 다시 날린다. 밖은 이미 어둠에 잠긴 지 오래다. 시계의 초침이 분침을 향해가고, 분침은 시침을 따라가고 있다. 내가 아무리 잡고 싶어도 잡을 수 없는 시간이 가고 있는 것이다. 조셉 에디슨의 말처럼 "오늘이란 죽은 사람이 그토록 바라던 내일"이건만, 또 그 내일이 나의 오늘로 막을 내릴 수도 있을 것이다.

다시 산국을 집어 화롯불에 뿌린다. 계절이 타오르는 명주비단 자락에 은유가 깃들인다.

(2002년 12월에)

빙판

산골에서 느끼는 외로움은 대화의 궁핍에서 온다. 흙내와 노을과 바람, 새와 나무, 꽃과 물소리가 아무리 좋다고 해도, 그것들은 지능과 영혼이 없다. 생명의 경이와 자연의 찬연함은 있어도, 언어를 통한 감정의 교류가 이루어지지 않는다. 그래서 숲에 들면 영혼은 맑아져도 마음은 되려 외롭다. 사유는 깊어지지만 인간적인 아픔과 기쁨을 나눌 수 없어 외로움을 느끼게 된다.

외로움은 그리움을 동반한다. 그리움은 정(情)의 울림이고 온기다. 상처를 주고받을지라도 정의 울림과 온기를 품고 싶어 때때로 두고 온 사람들과, 떠나온 도시를 그리워한다. 그곳의 문화가 그립고, 밤이면 불의 강을 이루는 자동차들의 행렬이 그립다. 그래서 일년에 서너 번은 청주로 간다. 청주에 가면 그 하늘, 그 거리, 그곳에 사는 정인들과 그 도시의 문화가 나를 반겨준다. 미술관도 둘러보고 영화도 관람하고, 친구들과 찻집에서 즐거운 대화도 나누고 돌아온다. 그러고 나면 정체된 일상성에서 오는 지리멸렬함이 말끔하게 가셔진다.

오늘은 글을 쓰는 친구가 책을 출간하고 모임을 주선한 날이다. 오랜만에 보고 싶었던 글벗들을 만나면 쉽게 자리를 뜰 수가 없다. 이런 날의 식사는 그야말로 대중공양이다. 얼굴을 가까이 대고 소곤거리며 대화를 주고받는 것이 아니라, 왁자하게 떠들면서 음식을 맛도 모르고 입에 퍼 넣는 자리다. 게다가 어디든 약방의 감초처럼 익살꾸러기 한 사람쯤은 끼이게 마련이어서, 그의 짓궂은 입담에 홀려 연신 웃음꽃을 터트리게 된다.

도끼자루 썩는 분위기에 휩싸여 시간 가는 줄 몰랐다. 아니 오늘만은 얘기장단이 아무리 흥겨워도 오래 퍼지르고 있진 않을 것이라던 당초의 결심과, 오후 늦게 눈이 올지 모르니 일찍 돌아오라는 남편의 말을 까맣게 잊고 있었다. 신선놀음을 끝내고 나서야 '앗-차' 싶었고, 차에 시동을 걸면서부터 불안은 시작되었다. 더구나 스노우타이어를 끼우지 않았으니 돌아갈 길이 실로 아득하였다.

거리는 나붓나붓 떨어지는 눈발과 인파로 넘실거렸다. 현미경을 통해 보면 육면체가 아니면 팔면체로 된 얼음 꽃이지만, 밤거리에서 시야에 들어오는 눈송이들은 낙화하는 꽃잎이었다. 자욱하게 흩날리는 수천만 송이의 꽃잎 축제를 즐기기 위해 젊은이들은 밤늦도록 거리로 카페로 몰려다닐 판이었다.

꽃의 물결에 부유하듯 떠밀려 시내를 벗어나 외곽으로 들어섰다. 이미 중앙선은 진작부터 없어진 듯 싶었다. 제가 알아서 가야만 하는 위험 천만의 길이었다. 비상등을

켜고 가능한 브레이크를 밟지 않을 범위의 속도를 유지
하기 위해 신경의 촉수를 곤두세웠다. 눈 깜짝할 사이에
무슨 일이 벌어질지 알 수 없었다. 앞차의 후미등을 연등
든 길라잡이로 삼아 조심스럽게 따라붙었다.

한 시간 가까이 나를 안내하던 길라잡이 연등이 갑자
기 종적을 감추었다. 증평을 지나 괴산쪽으로 갈라지는
분기점에 이르러 오른쪽 깜박이를 두어 번 넣던 앞차가
조심스럽게 꽁무니를 트는가 싶더니 이내 눈발 속으로
숨어버렸다.

갑자기 낭패감과 두려움이 엄습해 왔다. 그토록 자주
다니면서 숱하게 보아 온 풍경들이건만, 앵글을 맞추지
못한 흑백사진의 배경 속으로 들어가고 있는 것처럼 모
든 것이 낯설었다. 눈발 속에서 아스라하게 펼쳐지는 풍
경들이 너무나 생경했고, 내가 초초해 할수록 생경한 풍
광들은 더 깊은 정적 속으로 가라앉는 것 같았다. 어쩌면
이곳에서 혼자 생을 마감한다고 해도, 어느 누구가 달려
나와 내 죽음을 안타까워할 리 없는, 광활한 설원을 나는
혼자 가고 있었다. 온몸에 감기는 절절한 단절감에 진저
리를 치면서.

그래도 가끔씩 반대편 차선에서 차가 오기도 하고, 옆
으로 지나가기도 했다. 하지만, 그들도 사지에 내몰린 외
로운 병사들이었다. 절절한 단절감과 두려움에 떨면서
궁형으로 휘어진 산굽이를 돌아 달천강을 건너 충주에
도착한 것은 청주를 출발한 지 세 시간이 지난 후였다.

평소 한 시간이면 족하던 거리를, 악몽에 시달리듯 식은 땀으로 몸을 적시며 왔던 것이다.

몹시 목이 말랐다. 주유소로 들어가 자판기에서 커피를 한 잔 빼먹고 다시 차안으로 들어왔다. 아직도 집까지 가려면 한 시간은 족히 걸릴 것이므로 다시 시동을 걸었다. 이번에는 속력을 조금 더 내보기로 했다. 거의 차도 끊긴 상태였고, 또 아무리 눈이 쏟아져 제 모습을 감추고 있다고 해도 손금보듯 빤한 길이어서 어림짐작만으로도 한결 수월할 듯 싶었다. 국도를 벗어나 면소재지로 들어서자 비로소 고립감에서 벗어날 수 있었다. 저수지 굽이를 돌아 당산나무가 있는 마을 어귀로 접어들었다. 멀리 마을 회관 앞 가로등이 보였다. 그곳으로 가려면 언덕을 무사히 넘어가야만 한다. 그러나 마지막 시험 코스는 폭이 좁고 경사가 급해 조금만 눈이 내려도 앞바퀴가 헛돈다. 트럭도 제자리걸음에 헛심만 쓰다가 돌아가기 다반사인데, 전륜구동인 나의 차로는 이 고약한 날씨에 자칫 미끄러져 개울로 처박히기 십중팔구다. 단전에 힘을 주고 앞을 똑바로 주시했다.

그때 눈 위로 흙이 깔려 있는 것이 보였다. 착시를 일으킨 것은 아닌가 싶어 다시 보았지만 틀림없었다. 그것도 방금 모래를 삽으로 훌훌 뿌려 놓고 간 듯 싶었다. 오른 발에 적당한 힘을 가하자 차는 거뜬하게 모래를 타고 언덕 위로 올라섰다.

멀리 불빛 속으로 사람이 보였다. 그가 빈 리어카를

끌고 막 집으로 들어가고 있었다. 산밑 작은 집에는 창마다 불빛이 환했다. 집안에 있는 전등이란 전등은 죄다 켜 놓았던 것이다. 얼마나 오랫동안 기다렸을까. 청주에서 출발할 때 전화를 했으니 이제나 오려나, 저제나 오려나 수없이 창문을 열고 내다보았을 것이었다. 외진 산골에서 홀로 누군가를 기다린다는 것은 쓸쓸하고 따분한 일이다. 그의 쓸쓸함과 따분함과 조바심이 눈에 보였다. 혼자 식탁에서 밥을 먹었을 것이고, 전화기로 수없이 눈길을 보냈을 것이다. 불면을 밝히는 초초함이 자정을 넘자 드디어 리어카에 모래를 퍼담고 이 길로 나왔을 터였다.

나는 차를 세우고 라이트를 껐다. 아직도 꽃잎이 나풀나풀 산의 등고선은 물론 회화나무 숲이며, 온 마을을 뒤덮고 있었다. 잠시 바람의 현을 타고 일렁이는가 싶더니 다시 수직으로 다복다복 떨어져 쌓였다. 모든 색이 태어나는 흰빛, 그 순결한 성채가 산밑 작은 집에서 새어나오는 불빛을 만나 더 아름다운 광채로 살아나고 있었다. 아름답게 생현하는 빛 속에서 한 남자가 머리와 옷에 묻은 눈을 털고, 다시 한번 길쪽으로 눈길을 보내고는 현관문을 열고 들어갔다.

눈길에 선명하게 난 리어카와, 그의 발자국과 불빛 속에서 움직이는 그의 모든 행동을 지켜보고는, 핸들을 잡고 있던 손등에 얼굴을 묻었다. 얼마 후, 나지막한 목소리로 김남조 씨의 「설목(雪木)」 한 연을 읊조리었다.

시냇물마저 여위고 마르는 가을을
필시 최후의 계절이라 믿었던
어느 날
사랑하노라 사랑하노라 하던 사람
가고 없음이여
미워하면서 나를 미워하면서
이제도록 오래 내 옆에 남아줌이
더욱 백 배는 고맙고 마음 놓였을 것을
…당신이여.

(2000년 겨울)

6월, 그 하나의 불티를

　유월은 한 해의 절반에 속한다. 태양이 하지점을 통과하는 절기여서 일년 중 해가 가장 길다. 때문에 '미끈 유월', 또는 '찔하지'란 속언이 따르기도 한다.

　해는 길고, 무량하게 쏟아지는 볕이 자글거린다. 배불뚝이 늙은 독은 자글거리는 볕을 끌어안아 된장의 떫은 맛을 삭히고, 쟁깃발 실하게 받아넘기던 다랑논에선 벼 포기가 넌출넌출 불어난다. 나무들은 수관(樹冠)을 높이고, 마지막 허물을 벗고 나온 보리매미는 무조(無調)의 가락으로 목청을 틔운다.

　건너편 산등성이에서 바람이 휘휘 달려와 밤꽃 향기를 풀어놓는다. 일순 코끝에 스치는 남성의 향기, 밤새 닿을 수 없는 사랑의 환영을 좇다가 더는 어쩌지 못해 거친 숨결 몰아쉬며 쏟아 놓은 수음의 꽃내음.

　6월은 이렇게 남성의 꽃내음으로 온 산하를 휘감는다. 그러고도 모자라서 청상의 고쟁이 속까지 넘본단다. 하나의 불티를 만나지 못해 그리도 몸을 달구는 것이리라. 애써 감추려 해도 자꾸만 근육에 실리는 성성한 힘을 주체할 수 없어 그러는 것이리라.

6월이 오면, 비음(悲吟)의 멜로디가 귀울음으로 깔린
다. 유혈의 전장에서 돌아오지 않는 병사들을 위하여 만
들었다는 노래 「백학」이다. 러시아 특유의 우수와 정서
가 짙게 밴 이오스프 꼬브존이 부른 「백학」을 듣고 있으
면 정말 학이 보인다. 내 눈에 밟히는 학은 낯선 땅에서
쓰러진 젊은 영혼들이 아니다. 이승에서 차마 안쓰러워
시선조차 마주치기 민망했던 여인의 모습이다.

유년의 시절부터 지금까지 내 눈에 비친 그니의 모습
은 분명 한 마리 학이다. 해마다 현충일이 되면 충혼탑에
서 위령제를 지내는 행사에 참석하기 위해 집을 나서곤
했다. 그 때 바람에 나부끼던 옥색 치마며 겨자색 생모시
적삼이며, 우물가를 돌아가던 조신한 자태와, 가늘고 긴
목선이 그럴 듯 학을 연상시켰는지 모른다. 학이 깃을 치
듯 길을 나섰다가는 일몰이 온 산을 술취한 얼굴로 물들
일 쯤이면, 얼굴에 수심을 달고 돌아왔다. 위령제에 가면
같은 처지의 미망인들을 만날 수 있어 위로가 되었을지
모르지만, 한편으론 남편의 죽음을 번번이 확인하는 심
정이 더 참담하였을 것이다.

충혼탑을 다녀온 날 밤이면 그니는 방에 불을 켜지 않
았다. 우물 속처럼 깊은 방 안에선 가끔씩 어린 아이의
칭얼거리는 소리와 여인의 흐느낌만 들려왔다. 숱많은 떡
갈나무 숲에선 어김없이 소쩍새가 울어 에웠고, 밤꽃은
구름처럼 피어 향기를 풍기었으며, 어린 개구리들은 길 위

로 올라와 혀짧배기 딸꾹질하듯 단음절로 비를 불렀다.

돌쩌귀 하나도 암수가 있었다. 아니 만물의 형상이 음과 양의 조화로 만들어진 것들이었다. 그니는 서러웠다. 묵정지에 핀 망초꽃마저 화냥기도 없으면서 더운 숨결을 쏟아내며 미풍에도 자지러지게 몸을 떨었지만, 그니는 불두화(佛頭花)처럼 외로웠다. 우윳빛 살집이 아무리 흐벅져도 벌 한 마리 찾아오지 않는 무성(無性)이어서 사람들에게 '고녀'라는 놀림을 받는 그 꽃처럼 외로웠다. 그래서 하루에 삼천 번씩 울어 저를 지킨다는 종달새처럼, 울음으로 젊음을 소진시켜 자신을 지킬 수밖에 없었다.

그니는 열아홉에 양천 허씨 문중으로 시집을 왔다. 세 살 더 먹은 신랑과 맺은 인연이 일생을 그토록 고적하게 바꾸어 놓을 줄은 꿈에도 몰랐을 것이었다. 남편과 일심동체로 살아온 세월이란 게 고작 3개월 남짓이 전부였기에 하는 말이다. 역사의 등줄기에 문신처럼 새겨진 6·25는 이렇게 스물두 살의 앳된 신랑을 총알받이로 데려갔다. 입대 전날 밤, 아내를 품고 또 품어도 자꾸만 소름이 끼쳐 끝내는 새댁의 가슴에 얼굴 묻고 소리내어 울었다는 청년이었다. 벌겋게 충혈된 눈으로 집을 나가선 다시는 대문으로 되돌아오지 못했다.

여인의 자궁 속에선 아기가 자라고 있었다. 사람들은 참 다행이라고들 입을 모았고, 시어머니는 대견하기 짝이 없었다. 혈점이 생겼으니 날아가진 않을 것이었고, 문중에도 낯이 서는 일이었다. 그러나 열아홉 새댁에게 아기는 여인의 발목을 잡는 올무였다. 올무에 발목이 잡혀 있었건만 시어머니는 철저한 감시자였다. 두 사람의 경계선은 안방과 윗방을 가로지른 네 쪽의 미닫이가 전부였다. 돌아눕는 소리까지 들리는 경계선 위쪽에서 하고 많은 날을 흐느낌으로 몸을 저미는 젊디젊은 며느리를 지켜보는 시어머니의 가슴인들 오죽했을까. 타고 또 타서 숯이 되었을 것을.

올해에도 밤꽃은 필 것이다. 꽃이라 하지만 아무리 들여다보아도 어여쁜 구석이라곤 손톱만치도 없다. 두엄탕에서 막 기어나온 지렁이 같은 이삭에 빛깔마저 신통치 못하다. 그런 주제에 세상 여자들 다 후려 볼 배포로 별난 꽃내음을 산지사방으로 날려보낸다.

열정이 많은 자일수록 방황이 길고, 번뇌가 많다. 번뇌가 많을수록 크게 깨닫는 법. 밤꽃이 무성한 소문을 달고 하나의 불티를 만나기 위해 몸을 달구지 않았던들, 어찌 소슬한 바람 한 점 빌리지 않고서도 그토록 가볍게 해탈할 수 있었을 것인가. 울음으로 살을 저미던 그녀도 칠십 중반이다. 주일이면 성당에서 신부님이 내려 주시는 성체를 받아 입에 무는 노안이 해처럼 밝다.

6월은 언제나 불확실하다. 한 해의 절반에 속해 있어 확실한 질서의 필연성이나 도덕적 가치를 따져 묻기엔 기가 너무 승한 탓이다. 흑장미도 열여덟 살빛으로 터져 정신 아득하게 다가오고 있질 않는가. 그 얼마나 고운 아픔이랴.

(2004년 6월)

無罪

　혹혹 달아오른 지열이 턱에 닿는다. 푸르스름한 새벽 너울을 쓰고 전답으로 나갔다가 돌아온 촌부들은, 점심 끝에 감겨오는 나른함에 만사 제쳐놓고 오수에 든다. 진도견도 헐떡거리며 내려감기는 눈꺼풀을 어쩌지 못하겠는지 꾸벅 고개를 떨군다. 풀잎을 흔들고 지나가는 바람 한 줄기도 없다. 시간이 정지된 듯한 산촌의 고즈넉함을 깨는 것은 오로지 팔풍받이 느티나무 가지에서 귀청이 떨어져 나갈 듯 울어쌓는 매미들과, 개울 건너 돌무지를 둘러싼 두충나무 숲에서 "홀딱자빠졌다. 홀딱자빠졌다. 쪽박바꿔줘" 두견새의 별쫑스러운 애원가 뿐이다.

　평화스럽다 못해 권태롭기조차 한, 이 한낮의 풍경은 겉모습만 이러할 뿐이다. 안으로 눈길을 돌리면 쫓기고 쫓고 먹히는 싸움이 치열하다.

　지금도 백로 두 마리가 시루봉 쪽에서 훨훨 날아와 집 앞 논배미에 사뿐히 내려앉았다. 녀석의 긴 다리가 움직일 때마다 가냘픈 목선이 유연하게 흔들린다. 갈매빛 산빛과 윤기 잘잘 흐르는 벼 포기를 배경으로 실경산수화의 구도가 기막히다. 하지만 백로가 논에 날아와 앉은 까닭은 기막히게 짜여진 실경산수화 한 폭을 보여주기 위해서가 아니다. 꼬리를 떼어낸 지 서너 달 가까이 된 개구리들을 잡아먹고자 날아온 것이다. 저것이 유유자적 발자국을 떼어놓을 때마다 개구리들이 어마지두 쫓겨가고 있을 것을 생각하면 그 폼이 얼마나 위협적인가 상상하고도 남는다.

백로는 예로부터 오늘에 이르기까지 수많은 시인묵객들에게 시와 그림의 주제로 총애를 받아왔다. 하지만 저 새도 별수 없이 개구리는 말할 것도 없고, 수서곤충에서 들쥐에 이르기까지 산 채로 잡아먹고는 천연덕스럽게 소나무 위에 올라앉아선 질펀하게 똥을 내질러 놓는다. 그 배설물이 얼마나 독한지, 폭탄이 떨어진 자리에서도 '나여기 살아있노라'고 뽀얀 얼굴 내밀고 나와, 폐허에서 헤매던 난민들의 주린 배를 채워주었던 쑥조차 맥을 못 춘다. 천 년 학도 먹고 싸대야 사는 생리적인 현상을 탓하자는 것은 아니지만, 저렇게 먹이를 찾아다니는 걸음새나, 또 날아가는 품새나, 외다리로 서서 먼산바라기를 하는 자태가 하도 우아해 보이기에, 잠시 트집을 잡아본 것이다.

그림 같은 한낮의 풍경화 속에서 나는 두어 시간 전부터 머루덩굴 아래서 바장인다. 말벌을 잡기 위해서다. 머루덩굴 그늘이 깊다고는 하나 워낙 더위가 찜통으로 쪄대니 목과 이마에서 땀이 비오듯 한다. 그렇지만은 벌을 지키기 위해 오른손에는 배드민턴 채를 잡고, 왼손에는 '홈키파'를 들고서 잔뜩 신경을 곤두세우며 바장이는 것이다.

드디어 말벌이 다시 모습을 드러낸다. 방금 전, 노르스름하게 동이 선 상추밭으로 도망갔던 놈이다. 기어이 잡고 말겠다고 서슬을 퍼렇게 세우고 휘두르는 배드민턴 채에 혼줄이 빠지게 줄행랑을 쳤다가 다시 온 것으로 보면 처지가 어지간히 다급해진 모양이다. 하긴 보름 가까이 장마가 진 끝이고 보면 여왕벌에게 상납할 양식이 떨어졌을 법도 하다. 그러니 죽기를 각오하고서라도 먹이를 구해 가야 문지기들에게 박대를 당하지 않을 것이다.

여름철만 돌아오면 벌에게 번지는 백묵병을 예방하기 위해 스티로폼을 포갬포갬 쌓고 벌통을 올려놓는다. 놈은 조금 전에 받았던 기습을 상기해서인지 벌통 앞에서 비상을 낮추고 앉을 듯 말 듯 망설이다가 파르르 날개를 떨며 몸의 균형을 잡는다. 바로 이 때를 놓치면 안 된다. 발꿈치를 들고 가만가만 다가가선 사냥꾼이 목표물을 조준하듯, 궁수가 활시위를 잡아당기듯, 배드민턴 채에 온몸의 기를 모아 내리친다. 그런데 어느새 놈은 날쌔게 피해 굴타리 먹은 외밭에서 붕붕 날고 있다. 참으로 민첩하다. 내가 다섯 번 싸워 두 번밖에 승전고를 울리지 못하는 것도 나는 놈의 기민함을 따라잡지 못해서다.

그런데 벌을 잡지 못하고 헛손질만 하면 팔이 된통 아프다. 고 작은 것에도 기가 있어 배드민턴 채에 맞으면 기와 기가 부딪쳐 아픈 것을 모른다. 하지만 구사일생 저렇게 살아서 달아나면 어깨와 팔로 내려 뻗은 신경과 인대가 쩌릿쩌릿하다. 필시 살의를 품고 내리친 힘의 탄력을 자업자득으로 되받은 탓일 게다. 지난해에도 놈들을 잡고자 수없이 헛손질을 해댄 바람에 인대가 늘어나 겨우내 고생을 했었다.

말벌은 장마가 끝나면 어김없이 출현한다. 덩치가 큰 놈은 작심하고 벌통 앞에 앉아선 주둥이로 문지기는 물론, 꿀을 물고 들어오는 일벌까지 닥치는 대로 사그리 목을 잘라 놓는다. 또 어떤 놈들은 먹이를 물고 날아오는 벌까지 공중에서 낚아채 버린다. 잔인하고 무례한 폭력배들로부터 벌을 지켜주지 않으면 최소한 3만 마리 벌 한 통이 전멸하는 것은 시간 문제다.

한데 언제까지나 놈들의 기민함에 골탕이나 먹으면서 부지하세월 머루덩굴 밑에서 바장거릴 수만 없는 노릇이다. 묘책을 강구해 보았다. 우선 복숭아와 금싸라기 참외를 하나씩 깎아 벌통과 내가 앉아 있는 중간쯤에 놓아두었다. 적들이 단내를 맡고 날아와 주기만 하면 일망타진하는 전과를 올릴 수 있는 절호의 기회가 될 것이다.

내가 쓴 묘책이 성공할 조짐을 보인다. 말벌 한 마리가 이게 웬 떡인가 싶었는지 과일 접시 위로 살짝 내려앉는다. 굴타리 먹은 외밭으로 날아갔던 놈은 아니다. 두 번씩이나 혼비백산 경을 쳤는데 지깟놈이 무슨 배짱으로 또 얼씬거리겠는가. 이번에는 몸집이 좀 작은 녀석이 금싸라기 참외에 침을 박고 과즙을 빤다. 꽁지를 치켜올리고 한참 먹이를 삼키더니 그만 되었다 싶은지 '붕' 날아오른다. 제 동지들에게 멋진 춤사위로 이 기쁜 소식을 알려 주기 위해 일단 집으로 돌아가고 있음이 분명하다.

이러한 내 추측은 정확하게 맞아떨어진다. 윙—잉 소리가 들리는가 싶더니 세 마리가 한꺼번에 내려앉는다. '옳거니' 쾌재를 치지 않을 수 없다. 숨소리를 죽임은 물론이거니와 손가락 하나 옴나위 않고, 한 스무 마리쯤 모여 올 때까지 진득하게 기다려 볼 참이다. 그 사이 두 마리가 충분하게 과즙을 삼켰는지 먼저 자리를 뜬다. 10분도 채 못되어 접시에는 일곱 마리나 되는 말벌이 죽음의 사정거리 안으로 몰려든다.

고것들 하는 짓이 가관이다. 어떤 놈은 참외에, 어떤 놈은 복숭아에 머리를 쳐박고 먹는 데만 몰두하고 있는가 하면, 괜히 설설 돌아치며 직무를 유기하는 녀석도 있다. 인간이건, 동물이건, 하층 미물들이건 간에 먹이가 풍족하다는 것은 즐겁고 행복한 일이다. 오랜만에 풍족한 먹이를 놓고 즐거운 한때를 보내는 저 안쓰러운 것들을 정말로 살의로 작살을 내야 하는가? 심경이 매우 착잡해진다.

이런 와중에 도랑가에선 개구리의 비명이 들려온다. 뱀의 아가리에 서서히 제 몸뚱이가 먹혀들어 가는 개구리의 절박함에 소름이 돋는다. 오늘은 왜 이렇게 개구리들이 수난을 겪는지 모르겠다.

어쩔 것인가. 혼란스럽다. 돌을 들고 쫓아가 뱀에게 던져볼까 생각해 본다. 그러나 내가 던진 돌이 뱀의 급소를 친다고 해도 어차피 개구리는 살지 못할 것이다. 강자에게 약자가 먹히는 것이 생태계의 질서라면, 뱀에게 돌을 던져 무엇이 달라질 것인가. 나도 벌을 잡겠다고 참외와 복숭아로 벌들에게 속임수를 쓰고 있으면서 말이다.

안쓰러운 마음을 애써 밀어내고 앞을 보니, 그 새 열대여섯 마리나 되는 벌들이 몰려와 있다. 저것들을 잡지 않으면 우리 집 벌들이 수없이 죽어갈 것이므로 부동자세를 풀었다. 오금이 절렸지만 접시를 향해 두 눈을 부릅 뜨고 힘껏 배드민턴 채를 후려쳤다. 그러고도 마음이 놓이지 않아 잽싸게 홈키파를 사정없이 뿌려댔다. 순식간에 접시에 앉은 벌들이 참혹한 광경으로 죽어갔다.

벌들의 시체를 물에 씻어서 구새먹은 느티나무 밑에 버렸다. 나무 구멍 속에는 왕개미들이 살고 있다. 바라던 대로 일망타진하는 전과를 올렸는데 마음은 천근이다. 배드민턴 채와 홈키파를 창고 안에 넣고, 소나기 맞은 스님처럼 중얼거린다.

"모든 것이 무죄, 무죄로다.

오― 나무아미타불 나무아미타불."

(2002년 여름)

구절초

산촌의 가을은 서너 걸음 앞서 옵니다. 무청을 삶아 널고는 산밭으로 깻잎을 따러 가는 길에 구절초를 보았습니다. 올 여름, 태풍에 둔덕이 반쯤 떨어져나간 벼랑 끝에서 외롭게 핀 꽃이었습니다. 한 뿌리에 몸을 맞대고 지내던 살붙이들은 퍼붓는 빗줄기를 견디지 못하고 무너지는 흙더미에 깔려버리고 저만 어렵사리 살아서 핀 꽃이, 어쩜 그리도 애잔한지 눈물이 나고 말았습니다.

구절초를 보자 큰아들 친구의 딱한 사정이 생각나서였습니다. 큰애와 같은 연구실에 있는 청년은 지난 물난리로 부모님을 잃었습니다. 어머니 시신은 실종 일주일 만에 금강 하구에서 찾았지만, 아버지는 입때껏 소식이 없습니다. 장가도 들지 못한 청년이 홀로 어머니 상을 치르고, 밤이나 낮이나 어드메서 진토되어 가고 있을 아버지 생각에 어즈버 타는 가슴이 오죽하랴 싶어서입니다. 그래서 이 가을에는 꽃 한 송이, 붉게 물드는 단풍 한 잎도 무심히 보아 넘길 수가 없는 것입니다.

산그늘이 고요히 내려와 앉습니다. 뒷산에선 아까부터

"계집 죽고, 자식 죽고" 산비둘기가 청승을 떨어댑니다. 홀아비새로도 불리는 산비둘기가 우는 저 산 너머에는, 지난 초여름에 아내를 잃은 윤씨가 혼자 살고 있습니다. 그도 부인에게 약 한 첩, 주사 한 대도 놔주지 못하고 속절없이 저승길로 보낸 지 일 년 반이 되었습니다.

윤씨 부인이 살던 곳은 정말 첩첩 산골입니다. 목을 젖히고 사방을 둘러보면 높은 산맥에 가로막혀 하늘도 산동네 크기만큼만 보입니다. 이런 동네에서 태어나서 서로 혼인한 처지이니 60평생을 붙박이로 산 셈이지요. 외출이라고는 고작 충주 장날에 기장이나 좁쌀 등을 이고 나가선 바람을 쐬고 오는 것이었다고 하네요. 다만 텔레비전을 통해 세상이 어떻게 돌아가는지 어림잡아 짐작했고, 드라마를 보고서야 호강하는 여자들이 참 많기도 하다고, 저런 여편네들은 전생에 무슨 복을 지어 평생 동안 호미 자루 한 번 안 잡아 보고도 저리 편하게 살 수 있는지, 지열에 후끈거리는 산전에 엎드려 김을 매고, 조석 끼니때마다 옹솥에 보리쌀 안치며, 각다분하게 살아온 팔자를 서러워했다고 합니다.

그래서 배운 것이 술이었습니다. 소주 서너 잔 입 안에 털어 넣으면, 부러울 것도 서러울 것도 없었으니까요. 대신 알콜 기운이 퍼지면 괜스레 사람이 그리워 내리막 오릿길을 단숨에 내달아와선 이 집 저 집 찾아다니며 수선을 떨어 흥을 잡히기도 했습니다. 더러는 홀아비 노인들에게 메밀전을 부쳐다 주거나 김치를 담가주기도 했는데, 성질이 급해 노상 종종걸음을 칠 때면 다리보다 머리가 앞으로 지레 숙여 가곤 했습니다.

지난해 모내기철이었습니다. 남편이 떡국을 좋아하여 장터 방앗간에서 가래떡 한 말을 뽑아 세 시간 간격으로 들어오는 마을버스를 타고 들어왔습니다. 하지만 집으로 가려면 이번에는 오르막 오리 길을 걸어야 함으로, 머리에 임을 이고 걷기보다는 등에 지는 편이 수월했습니다. 햇볕은 내려쬐고, 등에 진 가래떡도 다 식지 않은 터여서 땀이 비오듯 했을 것입니다. 얼마나 목이 탔으면 집에 들어서자마자 샘으로 달려갔겠어요. 얼마나 숨이 찼으면 샘가에서 넘어졌겠어요. 이웃이라고 모두 저만큼씩 떨어져 사는 터라 아무도 촌부가 샘가에서 넘어진 것을 알지 못했습니다. 넘어져 영영 일어설 수 없게 된 줄을 몰랐습니다.

모를 이양기로 심고 나면 기계가 닿지 않는 귀퉁이와 물에 뜬 벼는 손으로 일일이 심어주어야 합니다. 윤씨는 해가 저물도록 모 잇기를 끝내고 집으로 돌아가니 샘가에 아내가 쓰러져 있었습니다. 마른 목을 축이지도 못하고 떠난 아내를 부둥켜안고 설마 꿈이겠지. 잠시 혼절을 했겠지. 사람 목숨이 이리 허망할 수는 없는 노릇이지. 도무지 믿기지 않아 흔들어 보고 불러도 보았지만, 아내는 감은 눈을 끝내 뜨지 않더랍니다.

그는 어이없이 죽은 아내를 뒷밭에 묻었습니다. 산골 사람들 형편이란 언제나 가긍한 터라 장지로 쓸만한 산을 미리 장만해 두지 못한 탓도 있지만, 약 한 첩 쓰지 못하고 죽은 사람이 하도 가여워서 지척에 두고 싶었던 것입니다. 아니 혼자 남은 자신이 외롭고 쓸쓸해서, 자다가도 일어나 문 열고 생전에 하던 대로 동네에서 일어나는 이런저런 얘기를 나누고 싶어서, 다른 산전뙈기 다 놔두고 뒷밭 한 가운데에 유택을 마련해 주었다 했습니다.

외식이란 겨우 자장면밖에는 먹어보지 못했다는 촌부. 그가 떠나던 날에는 참으로 날씨도 쾌청했습니다. 바람도 적당하게 불어 나뭇잎들이 만장처럼 나부끼었고, 낮은 구릉이나 습기 찬 골짜기에는 산딸기가 꽃처럼 붉었으며, 뻐꾸기는 환장하게 울어 온 산을 적시었습니다. 아니 그 집 개는 아예 시묘살이를 결심했는지 장례를 치르고 열흘이 지나도록 녀석은 아침저녁으로 밥 주고 머리 쓰다듬어 주던 안주인의 무덤에서 떠날 줄을 몰랐습니다. 정이나 배가 고프면 집으로 내려와 찌그러진 양재기에 담긴 사료 몇 알 주워먹고는 다시 무덤가로 돌아가선 간간이 목을 빼고 하늘을 향해 늑대같이 울어대는 통에 윤씨는 애간장이 다 녹는 것 같아 그만 개장사를 불러들이고 말았습니다.

개장수에게 끌려가던 녀석의 눈망울이, 녀석의 충성심이, 그 착하고 불쌍한 한 마리 짐승의 슬픔이 여름 내내 가슴에 여울져 내렸습니다. 그리고 누군가 착하고 불쌍한 짐승을, 그 짐승의 슬픔과 충성심을 통째로 먹었을 것을 생각하고 우리 집 진돗개에게 "애야, 너는 나보다 먼저 가거라. 먼저 가거라." 수십 차례나 일러주었습니다.

또다시 바람이 불어옵니다. 흙더미에서 자그르르 흘러 내리는 모래알과 흰 꽃잎 나부끼는 구절초를 뒤에 두고, 들깻잎 노랗게 물든 산밭으로 발길을 옮겼습니다.

(2002년 가을에)

세월

36년이란 세월은 먼길이었다. 걸음도 무거워 늦가을 햇살이 역광으로 오래된 교정을 품고 있는 교문 앞에서 나는 선뜻 발을 들여놓지 못하고 한참을 서 있었다. 오랫동안 무심하게 살아온 세월 앞에서 발이 저리고 가슴이 뛰어서였다. 사는 것이 별것도 아닌 것을. 자그마치 36년이란 세월을 도강하여 동문회에 참석코자 찾아 왔으나 학교도 만나는 사람들도 하나같이 낯설었다.

모두가 세월 때문이었다. 지구가 서른 여섯 번을 공전하는 기간은 그렇게도 아득하였고 무정했다. 게다가 서릿바람에 어지러이 흩날리는 낙엽과, 뽀얗게 일어나는 흙먼지와 이미 먼저 와 판을 차린 곳에서 들여오는 트럼펫 연주는 까마득하게 잊혀졌던 과거에 대한 아련함과, 달착지근한 애상을 불러 일으키기에 충분했다.

숨을 한번 크게 내쉬고 41회 동창생들이 모인 차일 밑으로 찾아갔다. 인생도 강물져 흐르는 것이라 그러하였을까. 참으로 그들의 얼굴은 생소했다. 무명보자기에 책을 둘둘 말아 어깨에 둘러매고 신바람나게 달리던 소년 소녀들은 반백이 성성했으며, 이마와 눈가에는 주름살을 훈장처럼 달고 나왔던 것이다. 그리하여 길에서 정면으로 마주친다거나, 혹은 버스 안에서 잘못하여 발을 밟아 정중하게 사과를 한다거나, 뭐 이런 사람이 있냐고 멱살을 잡고 드잡이를 벌려도 생판 알아 볼 수 없는 얼굴들이었다.

건너편 차일 밑에선 여전히 트럼펫 연주와 함께 노랫소리가 들려왔다.

"베사메 베사메무쵸 리라꽃 지던 밤에…."

초장부터 노래판을 벌린 38기생들은 눈을 지그시 감고 트럼펫을 부는 명구 선배의 연주에 부초처럼 몸을 흔들며 노래를 불러대고 있었다. 그 어수선한 분위기에 낯설음을 감추지 못해 서먹해 하는 나를 반갑게 맞아준 사람은 1반 남학생이었던 金이었다. 방명록에 적힌 이름을 보고서야 알 수 있었다고 했다. 뒷골에서 아버지가 경영하던 과수원을 이어받아 지금까지 사과 농사의 맥을 잇고 있는 李나, 강현에서 땅심을 굳건하게 믿고 복중에도 담뱃잎을 따느라 온 몸을 땀으로 적시는 鄭, 고추와 오이를 재배하여 재미를 솔찮게 보고 있는 許와 朴이 밤새 돼지를 잡고, 누름적과 소주 몇 짝을 들여다 잔치판을 벌여 놓고, 도회지에서 들어오는 동창들을 맞아들였다. 고향의 파수꾼들이 차려 놓은 술상머리에선 출세를 했건, 돈푼이나 벌었다고 삐까삔쩍 있는 폼을 잡고 오건, 손에 술잔을 받아드는 순간부터 욕으로 시작되는 인사말에 한통

속이 되고 마는 것이었다.

"세월 한번 겁나게 빠르구나. 쇠털같이 많다는 말도 다 허튼소리여.

아직 삼분지 일도 못센 것 같은데, 구렁이 담 넘듯 육십 고개를 바라보게 되었단 말씀이야."

서울에서 내려온 南의 회심한 말꼬리에 吳가 토를 달고 나섰다.

"세월이 어디 사람 기다려 주는 것 봤냐. 괜한 씨앙질 부리지 말고 술이나 마시자."

종이컵에 진로소주를 찰랑찰랑 따라 앞으로 내밀자 南은 꼴깍 목젖 떨어지는 소리를 내며 단숨에 들이켰다.

吳와 池는 그 시절에도 우리 반 계집애들의 그룹을 휘어잡았던 우두머리였다. 6·25전쟁을 겪고 난 후여서 헐벗고 굶주린 가난한 백성들의 자식들이라 무명 바지저고리를 입은 아이들의 얼굴에는 마른버짐이 피었고, 머리는 노상 밤송이처럼 까스스 했다. 그런 머슴애들에게 신나는 놀이란 고무줄 넘기를 하고 있는 계집애들 틈으로 뛰어들어 면도날로 줄 끊기였다. 그럴 때면 두 우두머리 중 하나가 눈에 쌍심지를 달고 쫓아가 뒷동을 거머잡아 항복을 받아냈다. 뿐만 아니라 손아금에 움켜쥔 동강난 고무줄을 기어이 찾아와 다시 이어 놓곤 했다.

그들은 여자애들에게도 그랬다. 조금만 비위를 건드렸다 싶으면 어떤 항변도 통하지 않는 절대의 세력을 동원하여 외톨박이로 돌려놓기 일쑤였다. 때문에 그애들 필

통엔 항상 향나무 연필이 가득했다. 암모니아 냄새 지독하게 풍기는 변소 안에서 유유자적 껌을 씹을 수 있었던 것도, 십중팔구는 왕따를 당하지 않으려고 반 애들이 상납한 뇌물의 일종이었다.

吳와 池의 기질을 그렇게 꺽지고 강단지게 만든 것은 길 탓이었다. 집에서 학교까지 시오리 길을 걸어나오기 위해 입동만 지나면 새벽 별을 머리에 이고 집을 나서야 했다. 왕복 30리를 오가는 동안 종아리에 힘이 실리고, 억척스러움도 자연스럽게 몸에 배였을 터였다. 그런데 지금은 중년이란 관록까지 적당히 눌러 썼으니, 그녀의 입정으로 벌이는 너스레를 맞받아 칠 기수가 있을 리 만무했다. 더구나 결혼이란 안전지대로 편입해서도 집에서 손톱에 매니큐어나 칠하는 부류에 속하지 않았다. 활달하게 보험회사 영업 파트에서 매일 그놈의 막대 그래프로 실적을 표시해 놓는 통에, 실적의 높이를 지키기 위해 다리품, 말품은 또 얼마나 팔았을 것인가. 여성적인 부끄러움이나 고상한 취미 따위는 팔자 좋은 여자들의 꼴같잖은 짓으로 보였을 것이다. 저 『바람과 함께 사라지다』에서 스칼렛처럼 온 몸으로 생활의 지평을 열어 온 그녀에게서 나는 건강한 삶의 동력을 느끼지 않을 수 없었다.

시간이 지나가면서 40여 명의 동창들은 점점 알콜 농도가 짙어졌다. 흘러간 노래에 엉덩이를 살랑거리는 폼새가 제법이었다. 나도 병아리 오줌만큼씩 따라 주는 소주를 냉큼냉큼 받아마신 것이 두어 잔은 차고도 넘을 정도여서 취기가 머리꼭지까지 올랐다. 맥박이 빨라지고 가슴은 쿵쿵 소리를 내었다. 슬머시 뒤로 빠져 철봉대에 등을 기대고 눈을 감고 있었다.

멀리서 자그마한 계집아이 모습이 다가왔다. 교실이 모자라 미루나무 밑에서 선생님을 따라 큰소리로 구구단을 외우던 운동장에서 혼자 땅긋기에 팔려 있었다. 작은 오빠가 자전거를 타고 올 때를 기다리고 있는 중이었다. 혼자서 꽤나 긴 시간을 잘도 참고 있었다.

미루나무 그늘도 지워지고, 근심처럼 땅거미가 조심스럽게 내려올 때쯤에서야 따르릉 거리며 자전거가 나타나 소녀를 태우고 미끄러지듯 교문을 빠져나갔다. 그때 돌아다 본 텅 빈 교정의 적막한 풍경은 이상하게도 정지된 화면처럼 오래도록 마음에서 떠나지 않았다.

"야, 너 거기서 뭐하냐? 우리 추렴 벌여 노래방 가기로 했다. 오늘은 지구도 태양도 내 명의로 등기를 내놓았으니 맘놓고 놀아도 밤은 오지 않을 게다."

우리들의 우두머리 吳의 말에 박수가 쏟아졌고, 일행은 만 원짜리 지폐 한 장씩을 추렴하여 노래방을 찾아 나섰다. 해가 기울면서 운동장에는 서릿바람이 발을 굴렀고, 비산하는 낙엽은 갑자기 몰아친 회오리에 말려 도르르 치솟다가 흩어졌다. 흙바람 속에서도 지칠 줄 모르고 불어대는 명구 선배의 트럼펫 연주를 뒤로 운동장을 빠져 나오며 생각했다. 10년 후에는 더러 지하 명부에 전입하는 이들도 생겨날 것이고, 지상에 남아 있는 자들은

더 늙고 병들어 갈 것이다. 그 때가 되면, 지구와 태양을
제 명의로 등기를 내놓아 밤은 절대로 오지 않을 것이라
고 큰소리 뻥뻥 치는 여자 동창생을 앞세워 노래방으로
우르르 몰려가던 일을, 추억이란 이름으로 그리워하게
될 것이다. 그래도 삶의 행간 행간에 이런 날이 있다는
것은 얼마나 기분 좋은 일인가. 이마와 눈가에 세월이 남
기고 간 우비고뇌(憂悲苦惱)의 흔적을 부끄럽게 생각하지
말 일이다.

(1997년 입동 무렵에)

2.

回想

어느 봄날의 대금산조

내가 천황봉에 있는 그 암자를 다시 찾은 것은 꼭 11년 만의 일이다.

기왓골에 와생초가 자라는 궁색한 암자에서 대금을 벗하여 살던 노스님이 입적하신 후, 상좌승이 내려와 있다는 입소식은 벌써부터 들어 알고 있었다. 승가대학을 나와 선방을 전전하던 학승이 토굴보다 나을 것도 없는 암자에 눌러앉게 된 것은 필시 은사의 유품인 '대금' 때문일 것이다.

며칠 전 그 상좌로부터 전화가 걸려왔다.

"진달래가 곱습니다. 한번 다녀가십시오."

전화를 받고 난 후로 사뭇 마음이 착잡했다. 노스님의 다비식에도 참석하지 못했고, 49제 때도 집에서 지장경만 두어 번 독송하고 말았으니 도리를 지키지 못한 죄스러움이 되살아난 탓이었다.

몇 번을 망설이다가 길을 나섰다. 검은 아스팔트길을 따라 두 시간을 달려온 차를 주차장에 세워놓고, 도보로 시작되는 길에 들어섰다. 길은 산으로 들어갈수록 험준

했다. 숨이 턱에 닿는 가플막을 몇 번 넘고 아슬아슬한 절벽에 잇대어 놓은 철계단을 오르는 동안에 온 몸은 땀으로 흠뻑 젖었다. 그러나 한참을 더 가야만 암자는 나타날 것이었다.

길을 가면, 언제나 시간이 길이란 생각을 하게 된다. 시간이 나를 데려와 길을 가게 하였고, 시간이 나를 길에서 데려갈 것이기에 그러했다. 먹물옷 한 벌도 호사스럽다 하시던 스님도 그렇게 길 따라 오시었다가 돌아가시지 않았는가. 스님이 거처하시던 암자에 도착했을 때는 벌써 산그늘이 내려와 절마당 반을 채우고 있었다.

11년 만의 해후이건만, 상좌승은 저간의 안부가 고작이다. 절집 사람들은 말을 아끼기 때문이다. 오랜만에 간이 잘 맞는 차공양을 받고나자 스님은 벽장에서 무명보자기에 싼 대금을 꺼냈다. 노스님의 손때가 묻어있는 유품을 들고 빙그레 웃으며 입을 떼었다.

"소리를 좋아하는 사람에겐 소리가 법문이라 하시더군요."

그는 대금을 들고 밖으로 나갔다. 훌쩍 마당을 가로질러 두루뭉실한 바위에 걸터앉자 갈참나뭇가지에 앉아있던 새가 포르릉 자리를 피해주었다. 곧이어 스님의 어깨에 가락이 실렸다.

날숨으로 시작되는 대금의 첫음절은 언제나 허허로운 바람소리다. 열세 개의 취공을 막고 있는 손가락 끝이 열리고 닫힐 때마다 빈 벌판을 달리던 바람소리가 점차 청아하면서도 애저린 가락으로 바뀌는 음절의 변화에 나는 눈을 감았다.

노스님을 처음 뵙던 날은 분청빛 황사가 자욱했다. 지금처럼 온 산엔 진달래가 붉었고, 묵은 낙엽을 헤치고 올라온 현호색이 엷은 보랏빛 꽃을 피우는 시기였다.

그렇게 꽃이 피고, 물오른 나무에 새잎이 돋기 시작하면 나는 산을 향한 그리움에 가슴을 앓았다. 단 한 장뿐인 청춘이란 티켓을 들고 산골 암자의 뒷방에서 유배생활을 시작하던 때가 이무렵이었기 때문이다. 세상과 철저하게 단절된 상태에서 내가 할 수 있는 일이란 눈만 뜨면 어린 동자승과 산으로 쏘다니며 나무이름이나 풀이름 따위를 익히는 것뿐이었다. 각시붓꽃이 필 때면 조팝꽃도 피었고, 조개나물 삼지구엽초 등도 시기가 비슷했다. 그 외에도 마가목이나 산목련, 졸참나무 같은 활엽수 아래에선 봄부터 가을까지 수많은 풀꽃들이 소리없이 피고 이울었다.

그렇게 풀과 나무들을 벗하여 지내는 동안 명상의 즐거움을 알게 되었다. 명상이란 혼자여야만 가능하고, 또 외로워야 더 깊어졌다. 여름으로 접어들면서 밤이면 아무도 거들떠보지 않는 먼지낀 고서를 찾아 읽기 시작하였다. 두보를 만났고, 『열하일기』를 통해 연암선생을 알게 되었다. 『익재난고』와 『퇴계집』을 읽으며 고전에 재미를 들이는 동안 내 폐를 갉아먹던 결핵균도 서서히 소멸되어 가고 있었다. 산과 병원을 오가는 동안 세 번째

봄을 보내고서야 산 밖으로 나왔다. '청춘'이란 티켓 사용 기간이 끝나기 전이었다.

그 후로 산은 무시로 내게 정신적인 편력을 충동질하였다. 절망의 밑바닥에서 나를 일으켜 세워준 산의 말씀, 고요한 어둠 속에서 듣던 바람소리와 물소리가 한정없이 그리워서였다.

그날도 불현듯 혼자서 산을 찾아나서게 된 것도 그런 기억의 통증 때문이었다. 초봄의 산길은 호젓하였다. 더구나 황사까지 낀 날이라 등산객들의 발길도 거의 끊겨 있었다. 이마에 흐르는 땀을 연신 손수건으로 닦으며 산허리를 허위허위 올라가고 있을 때 어디선가 대금 소리가 들려왔다. 댓잎을 쓸고가는 바람소리보다 더 소슬하고 맑았다. 산중에서 바람소리에 묻어나는 그 소슬한 산조는 사람의 혼을 빼앗고도 남았다. 나도 모르는 사이에 발길이 절로 소리를 따라가고 있었다.

걸음을 멈춘 곳은, 빛바랜 단청 위로 바람때가 묻을 대로 묻은 암자였다. 명절이 되어도 스님을 통알(通謁)차 찾아올 신도가 몇이나 될까 싶었다. 그런 암자 요사채에서 스님이 방문을 활짝 열어젖히고 앉아 대금을 불고 있었던 것이다. 소맷자락이 출렁 흔들릴 때마다 강물이란 강물이 죄다 일어나 물살을 일으킬 것만 같은, 소슬하고도 애절한 가락이 나를 불러들였던 것이다.

잠시 후 소리가 멎었다. 소리는 멎었어도 젓대를 입술에 댄 노스님의 동작은 그대로였다. 어쩜 그런 모습으로 입적하실 것만 같았다. 하지만 송구하게도 철딱서니 없이 찾아든 중생의 기척에 스님은 동작을 풀으셨다. 그리고는 바람부는 이 산중에 '웬 물건이 왔는고' 깊게 꺼진 안광이 빛났다. 어떤 첨삭도 필요치 않을 것이므로 사실대로 실토하였다.

스님께선 껄껄 웃으며 상좌승을 불러 차를 내오게 하였다. 행차를 하는 동안에 스님은 내게 물었다.

"혹여 호지무화초(胡地無花草)요, 춘래불사춘(春來不似春)이라는 말을 들어본 적이 있는가?"

나는 기어들어가는 목소리로 한나라의 후궁 왕소군이 오랑캐 수장의 첩으로 끌려가면서 지었다는 '소군원(小君怨)'으로 알고 있다고 답을 드렸다. 스님을 고개를 끄덕이고는 먼 산하로 눈길을 돌리며 중얼거리셨다.

"저 산 밖에 봄은 언제나 올꼬."

상좌승에게 찻잔을 건네받고는 스님께서 왜 왕소군의 시를 물어왔는가를 생각하였다. 곧이어 스님의 말씀대로 산 밖의 봄은 멀리 있다는 것을 깨달았다. 아침마다 펼쳐드는 신문의 사회면에는 최루탄이 터지고, 분신한 자식의 죽음을 안고 절규하는 어버이들의 통곡이 얼룩져 있었다. 민주화 대열에 뛰어든 수백 명의 학생들이 짐승처럼 끌려가 초죽음을 당하는 암울한 시대였다. 그러므로 '밤새 안녕하십니까'라는 인사말이 두려운 민주공화국에 제아무리 살구꽃, 앵두꽃이 곱다고 한들 어찌 봄이 왔노라고 목청 돋구어 노래할 수 있었던가. 젊은이들이 고뇌

하고 방황하며, 더러는 목숨을 꽃잎처럼 떨구던 80년대의 봄은 '소군원'처럼 '春來不似春'이었다.

한동안 침묵이 계속되었다. 세 번째 우려낸 녹차를 마시고 조심스럽게 대금을 불게 된 연유를 여쭈어 보았다. 그제서야 스님은 사바세계에 대한 근심을 거두었다. 그리곤 어린 시절부터 소리를 좋아했으니, 아마 전생에서도 대금을 불었을 것이라 하시었다. 이어 당신이 가지고 있는 대금은 쌍골죽으로 만든 최상품이란 자랑도 슬쩍 곁들이었다. 쌍골죽이란 중간에 골이 패여 달밤이면 두 개로 보이는 기형이지만, 대금을 만드는 재료로는 최상급으로 친다는 것도 알려주었다. 병죽도 장인을 만나면 명품이 되고, 명품은 명인을 만나야 득음(得音)을 이루니, 모든 연(緣)이란 이토록 기이하고도 기이한 것이었다.

스님은 찻상을 물리고 소리에 홀려 찾아든 객을 위해 다시 대금을 들었다. 최상의 명품을 왼쪽 팔에 받쳐들고 취구(吹口)에 입술을 대자 고수의 추임새 없이도 장쾌하게 음절의 변화가 일기 시작했다. 스님의 지법(指法)에 따라 대나무 속살에 끼워진 얇은 갈대청 울림이 진양조에서 중모리로 접어들었다. 음의 고저가 완급해지면서 흥취가 넘실거렸다. 그렇다고 허튼 춤사위를 불러들이는 것도 아닌, 흥과 유장함과 애절함이 적절하게 조화를 이룬 음색이었다. 첼로의 장중함이나, 바이올린처럼 가늘고 섬세하거나, 휘몰아치는 듯한 피아노의 열정적인 것과는 전혀 달랐다.

산조의 자진모리에 들어서자 스님의 눈꺼풀은 파르르 경련을 일으켰다. 완전한 몰입의 경지에 들면 사바도 없는 무아인 것인가? 소리만 넘실거리던 시공에 갇혀 나도 나를 잊었다.

소리가 멎었다. 스님께서는 젓대를 거두며 나지막이 말씀하시었다.

"대금은 조선인의 소리야. 인생살이의 애틋함이 이 가락에 깃들어 있지."

그분이 하신 말씀을 나는 오래도록 가슴에서 지울 수가 없었다. 조선인의 소리에 인생살이의 애틋함이 깃들어 있다던 울림이 산조가락보다 더 깊이 새겨져 있었기 때문이었다. 가신 분을 회상하는 동안 상좌승의 대금도 멎었다. 우두망찰 천황봉을 바라보고 있는 뒷모습에서 나는 수행자의 고독을 보았다. 쌍골죽으로 만든 젓대 하나를 스승의 유품으로 간직한 젊은 산승은, 그가 도달하고자 하는 '공(空)과 탈(脫)'의 경지는 아직도 멀었을 터였다. 서리찬 하늘 저편으로 끼룩거리며 날아가는 기러기의 날갯짓에서 느끼던 고단한 여정의 비애가 그의 잿빛 옷자락에서 축축히 묻어났다. 추녀끝에서는 풍경이 저녁 바람을 안고 자지러지는데 갈길 먼 나그네는 대금 산조를 법문으로 안고 총총히 하산을 서둘러야 했다.

(1996년 4월에)

回想

1. 하모니카 소리

가끔씩 저녁 시간을 택하여 아파트 옥상으로 올라간다. 높은 곳에서 내려다보는 풍경이나, 방개모양의 자동차들이 방방 꼬리를 물고 가는 행렬보다 명자나무 꽃빛으로 물들어 가는 노을이 좋아서다.

13층 옥상에서 원경으로 들어오는 부모산 상뫼가 곱디고운 꽃빛으로 물들면 아슴아슴 어린시절이 다가오기도 하고, 어머니의 생모시 적삼에서 묻어나던 햇감자의 배틀한 맛이 혀끝에 서리는 듯싶다. 그러나 이런 것보다 더 간절한 것은, 어둠살이 짙어가는 대청마루 기둥에 기대서서 작은오빠가 부르던 하모니카 소리다.

오빠는 저녁을 먹고나면 하모니카로 노래를 몇 곡 불러야만 책상 앞으로 돌아갔다. 그렇게 책상 앞에 앉기 전, 하모니카로 책 씻김을 하는 것은 어쩌면 오빠만이 치르는 엄숙한 의식이었는지 모른다. 하모니카를 부는 오빠의 모습은 그만큼 진지하게 비쳤기 때문이다.

먼저 입가심으로 구슬프기 짝이 없는 「고향생각」을 불렀다. 다음으로 「그집 앞」 「비목」 「보리수」 등으로 이어지는 아름다운 곡들을 한 뼘밖에 안되는 관악기로 연주할 수 있다는 것이 내게는 참으로 신기한 일이었다.

하모니카 소리는 멀리서 들어야 제격이다. 경칩 지나 우수 무렵, 비안개가 자욱히 내리거나, 달무리 어슴프레지는 밤, 바람에 실려가는 하모니카의 연주는 댕기머리 마을 처녀들 달떠 놓기 십상이었다. 칙갈맞기로 소문난 달여울댁도 몇 번이나 샘가에 나와 옷고름을 적시고 들어갔다는 말을 전해 들었다.

작은오빠의 실력은 이래저래 근동까지 소문이 자자했다. 오월 단오날 저녁에는 으레 향림 오리나무숲이 아니면, 버들개 느티나무 아래로 젊은이들이 모였다. 그럴 때면 오빠는 앞으로 나가 하모니카를 뒷주머니에서 꺼내 후후 음을 조율하고 눈을 감았다. 이어 파르르 떨리는 음색으로 「그네」를 연주하면 누군가가 나지막히 가사를 따라 불렀다.

"세모시 옥색치마 금박물린 저 댕기가 창공을 차고나가 구름속에 나부낀다…"

밤이 깊어 갈수록 관악기의 연주는 감성의 물결에 잔향을 일으켰다. 「내 마음」 「봉선화」 「청포도 사랑」으로 침이 마르고, 한켠에선 "그네 디딤이요— 횟이차—" 외치며 양팔로 한껏 줄을 벌리고 무릎을 굽혀 구를 때마다 몸이 공중으로 날아올랐다. 그렇게 솟구쳐 오른 몸이 뒤집어질 듯 아슬아슬하게 묘기를 부리는 쪽은 으레껏 청년들이다. 시샘 많은 처녀들 몇이 맞서볼 양으로 쌍그네를 타보건만, 힘좋고 담세고 날렵한 남자들을 따라잡기란 어림 반푼이었다.

1등 상품은 양은다라였다. 그것을 총각들에게 넘겨주고, 처녀들은 숯을 넣어 쓰는 무쇠다리미를 상품으로 안고 물러났지만, 그깟 상품 따위는 문제도 아니었다. 단오날만은 평소 심지를 돋구고 감시하던 어른들의 눈총에서 벗어나 젊은 남녀가 어울려 그넷줄을 잡고 눈맞춤이라도 할 수 있다는 것으로 그 밤은 더없이 즐거웠을 것이다. 게다가 벼포기가 땅내를 맡아 남실거리는 논배미에선 개구리들의 합창이 요란했다. 코사코 합창단이 부르는 「볼프강 뱃노래」에 버금갈 정도였다. 개구리 소리와 하모카의 연주가 처녀들 갑사 치마폭에 매달리던 밤, 두근거리는 가슴으로 그네줄을 잡고 눈맞춤 하던 그 시절도 덧없이 흘러갔다. 오는 세월 장대로 쳐도 막을 수 없어서였다. 그네들의 생일상머리에는 영락없이 손자 손녀들이 줄줄이 둘러앉아 있을 것이고, 녀석들 재롱에 홀려 금도끼에 녹스는 줄 모르고 늙어 갈 것이다.

살림살이 맛이 짭짜롬 진해질수록 작은오빠 생각이 자주 난다. 단발머리 여동생을 자전거에 태워 데리고 다녀주었던 것에 대한 고마움 때문이다. 늦으면 졸음에 겨워 빨리 집에 가자고 졸라대기도 하였건만, 머리통 한번 쥐어박지도 않고 곰살스럽게 동생의 비위를 잘도 맞추어

주었다. 그러므로 내 어린시절의 회상 속에는 작은오빠
의 모습이 그림자처럼 따라다닌다.

2. 놀림

작은오빠는 영민하고 깔끔했다. 다소 아쉬운 점이 있
다면 근기가 좀 약했다고 할까. 대신 순발력이 빠르고,
암기력도 뛰어났다. 늘 뒷주머니에 하모니카를 넣고는
자전거를 타고 돌아다녀 얼핏 싹수 없는 건달로 오해받
기 십상이었다. 그러나 학교에선 1, 2등을 놓친 적 없었
고, 집에 들어서면 어머니 말씀을 잘 듣는 모범생이었다.
게다가 글씨를 아주 잘 썼다. 그건 어려서부터 한문을 배
웠기 때문이라고 생각한다. 어머니께선 한문은 평생 써
먹는 것이니 명심보감까지는 배워야 한다는 확고한 소신
을 가지고 있었다. 그 덕에 오빠들은 천자문을 배우면서
붓글씨를 익혀 필선이 곱고 체가 반듯했다.
　오빠가 나를 유달리 귀여워해 준 것은 일곱 살이나 더
먹은 나이 탓이기도 하거니와, 잔심부름을 시키거나 심
심하면 장난삼아 골려먹는 재미가 쏠쏠해서였을 것이다.
내가 어쩌다 배탈이 나면 어머니가 플래시를 켜들고 계
셔야만 뒤를 볼 수 있었다. 작은오빠가 신출귀몰한다는
달걀귀신 얘기를 귀에 딱지가 지도록 들려준 탓이다.
　뿐만 아니었다. 툭하면 염생이(염소)에게 시집을 보낸
다거나, 꽃문둥이가 너를 업어갈 것이라고 했다. 또 뽕나

무밭에서 주워왔는데 지금 너의 엄마가 다리밑에서 동냥받이 노릇을 하고 있으니 가보라고 등을 떠밀었다. 그럴 적마다 거짓말이라고 앙살을 부렸지만 내 목소리는 어느새 울음에 잠기었다. 콧물 눈물 흘리는 양이 사랑스러워 물색없이 싱검을 떨어대던 오빠도 큰집 새언니가 처방해 준 약발에 효력을 잃고 말았다.

어느 해 세밑으로 돌아간다.

큰오빠와 작은오빠가 번갈아 나를 업고, 십리 길을 걸어 큰댁으로 갔다. 마침 설빔 준비로 큰올케와 새언니가 마주 앉아 박달나무 홍두깨에 풀먹인 옷감을 올려 방망이로 늘씨게 두들기고 있었다. 나는 박달나무 홍두깨를 타고 네 개의 방망이가 제각기 내는 장단의 어우러짐에 정신이 팔려 턱을 치켜들고 앉아 있었다. 이때 작은오빠가 성큼 들어와 능청을 떨었다.

"형수님, 우리 애자가요, 민느리로 시집가게 생겼어요. 방금 외팔이 영감님이 큰아버지께 하시는 말씀이, 쟤는 원체 몸이 약해 으능낭구(은행나무) 아래에 있는 하늘문 난 집으로 시집가야만 지명대로 산다고 하네요."

하늘로 문난 집이 돼지우리라는 것조차 모르던 나를 두고 올케언니 둘이서 깔깔 허리를 잡기 시작하였다. 새언니는 분내 폴폴나는 얼굴을 내 코앞으로 바짝 들이대고 "그럼 우리 애기씨 돼지하고 살것네" 샐쭉올라간 눈꼬리를 더 치뜨고 놀렸다. 더구나 새언니가 애기씨는 돼지하고 살 것이란 말에 동갑나기 사촌남동생과 조카까지 덩달아 입방아를 찧었다.

"얼러리 꼴러리 우리 고모는 도야지한테 시집간다 야—."

야속하기 짝이 없는 그들의 놀림에 어떤 항변도 방패막이가 될 수 없어 그만 울음을 터트리고 말았다. 잠시 후 새언니가 어깨를 들먹이는 시누이 손을 끌고 자기 방으로 데리고 가 눈물을 닦아주면서 이렇게 말하였다.

"애기씨가 이래 잘 우니까 도련님이 골리는 거야요. 애기씨는 참하고 이뻐서 여기 둘째오빠처럼 사각모자를 쓴 대학생 신랑한테 시집갈 테니 울지 말아요. 사람이 짐승하고 사는 게 아니여요. 이제부터는 작은오빠가 암만 골려도 곧이 듣지 말아요. 못들은 척 하면 다시는 싱거워 안그럴 꺼야요."

나는 고개를 끄덕거리며 울음을 그쳤다. 정말 새언니가 처방해준 말발은 놀라웠다. 그 후로 오빠들이나 짓궂은 조카들이 별의별 수작을 걸어와도 새언니 말대로 시큰둥하게 대하니 제풀에 물러났고, 이로써 나도 조금씩 큰아이가 되어가고 있었다.

3. 복숭아밭 사건

그 일은 앞뒤를 거두절미한 기억 한 토막이다.

어느 여름날 복숭아 밭머리에서, 나는 땅벌에 쏘인 듯 팔팔 뛰며 울고 있었다. 왜 복숭아 밭머리에 내동이쳐져 그토록 오빠를 부르며 울어야 했는지, 또 낯선 노인이 그렇게 우는 나를 안고 왜 원두막으로 올라갔는지, 사건의 진상은 전혀 기억나지 않는다. 그저 복숭아 밭머리에서 울었던 일과, 노인에게 안겨 원두막으로 올라가 속살이 빨갛게 익은 토종 유월두 복숭아를 먹었던 것만 한 장의 흑백사진처럼 남아 있었다.

그 일을 정확하게 알게 된 것은 시집와 큰아이를 낳고 몸조리를 할 때였다. 작은올케가 산모에게 필요한 준비물과 병원비까지 마련하여 산바라지해 주실 어머니편에 보내주었다. 침구까지 마음 써준 것이 고마워 이런저런 얘기 중에 문득 그 복숭아밭 사건이 생각났다. 어머니는 나의 뜬금없는 질문에 미소를 지으며 아슴푸레한 내 기억의 실마리를 슬슬 잡아당기기 시작하였다.

"아마 네 나이가 다섯 살은 되었을 게다. 행랑채에서 살고 있던 덕길이와 유기점집 셋째인 동수, 그리고 네 오래비 셋이서 뒷골로 복숭아 서리를 갔다더라. 까시낭구 섶을 헤치고 몰래 들어가 복숭아를 막 따려고 하는데 복숭아낭구 밑에서 풀을 뽑던 주인 영감에게 그만 들키고 말았다는구나.

"'요— 오— 놈들—' 하고 소리를 치자 업구간 너를 밭담에 놔두고 즈들끼리만 도망을 친 게야."

나는 어머니 말씀 끝에 복숭아 서리를 하러 가는데 왜 어린애를 데려갔냐구 채우쳤다.

"글쎄다. 애초부터 복숭아 서리를 할 맘은 아니었던 모양이더라. 그냥 놀다가 누가 먼저 얘기를 꺼내니깐 그냥 너까지 싸잡아 데리고 간 것이 탄로가 났던 거지. 즈네들 발등에 불떨어졌는데 네 생각할 염이 있었겠냐. 다리야 날 살려라 하고 도망을 쳤겠지. 그래도 네 작은오래비만큼 제 핏줄 끔찍이 아는 사람도 드물 게다. 오래비 궁둥이를 강아지 새끼매양 졸졸 따라 다니며 성가시게 굴어도 큰소리 한 번 안치고 무던히 봐주었다."

희미하게 뇌리에 찍혀 있던 복숭아밭 사건은 그렇게 밝혀졌다. 한 입 베어 물면 속까지 자줏빛이던 유월두 복숭아를 정작 서리꾼은 입맛도 못다셨는데, 밭담에 버리고 온 나는 오톨도톨한 씨가 쏙빠지는 토종 유월두 복숭아를 실컷 먹었다.

망초꽃 더운 숨결에 허물벗은 보리매미가 아카시나무 상가지에서 전원교향곡을 쟁쟁하게 울리던 유월 어느 날의 추억은, 이리하여 더 구체적으로 나의 기억에 입력되었다.

4. 반달로 뜨는 그리움

위의 이런저런 얘깃거리 외에도, 내가 평생 동안 작은 오빠를 엄지로 꼽는 데는 6·25때 날 업고 피난가면서 겪었던 사연 때문이다.

어머니는 여름 난리에 여성동맹에 가입하지 않았다 하여 붉은 완장을 차고 온 청년당원들에게 붙들려 갔었다.

후드득거리는 보릿짚을 때어 밥을 짓던 어머니에게 다짜
고짜 달려들어 양쪽 겨드랑이를 바싹 추켜잡고 끌고 갔
던 것이다. 그때 큰오빠는 뒷산 방공호에 숨어있어 연락
할 수도 없었다. 울면서 매달리는 우리 남매를 우악스럽
게 걷어차는 것을 본 어머니의 낯빛도 파랗게 질렸다.

어머니가 끌려가신 곳은 면사무소 창고였다. 그곳에서
는 반동분자라는 누명을 쓴 사람들이 끌려와 모진 악형
을 당하고 있었다. 온몸에 소름이 돋도록 질러대는 비명
에 우리는 담밑에 숨어서 공포에 떨었다. 아니 작은오빠
는 내가 울지 못하게 손으로 입을 막고 어머니는 죄가 없
으니 무사히 나올 수 있을 것이라고 달래주었지만, 오빠
도 연신 손등으로 눈물을 닦아내었다. 다행히 새벽에 어
머니는 당에서 하는 일에 적극 협조하겠다는 지장을 찍
고 풀려나왔다.

그러나 집으로 돌아온 어머니는 날로 몸이 쇠약해졌
다. 당신이 끌려간 창고 안에서, 쪽머리를 풀어 기둥에
감아 놓고, 벌겋게 단 인두로 허벅지를 지져대던 그날 밤
의 끔찍했던 장면들이 뇌리에서 떠나지 않아서였다. 결
국 신경쇠약증으로 이어져 잠을 이루지 못하였고, 어쩌
다 설잠이 들기 무섭게 헛소리를 질러 깨어나시곤 하였
다. 일찍이 엄정면은 남로당 지하조직의 최고 간부였던
김삼룡의 고향이라 좌익의 뿌리가 깊게 박혀 있었다. 전
쟁이 일어나자 군인가족과 경찰관과 지방유지들이 당하
는 고초는 끔찍할 정도였다. 가족을 몰살시켰는가 하면,

집에다 불을 지르기도 했다. 사촌 형제조차 믿지 못하는 무서운 세상이 되어가고 있었다. 때문에 중공군이 밀려온다는 소문이 나돌자 어머니는 발빠르게 피난길에 올랐다.

그때 나는 백일기침에 걸려 시난고난하던 끝이라 집에서 1km쯤 떨어진 장터고개 밑에서 주저앉고 말았다. 큰오빠는 의용군에 나갔고, 작은오빠가 대신 이불짐을 지고, 어머니는 찹쌀미숫가루와 솥단지 하나만 머리에 이고 나선 길이었다. 하건만 작은오빠는 이불짐을 버리고 나를 등에 업고 어머니 뒤를 따라야 했다. 설상가상이란 이런 경우를 빗대어 나온 말일 것이다. 피난길에 나선 지 나흘째 되던 날, 오빠는 눈길에 미끄러져 발을 삐었다. 비행기가 떴다 하면 기절초풍하여 땅에 엎드렸다 일어나 쫓기듯 떠밀려가는 인파 속에서, 우리 세 식구는 오도가도 못하고 얼어죽게 되었다. 어머니는 차라리 너 같은 애물은 태어나지 말았어야 한다고 목을 놓았다. 오빠는 퉁퉁 붓는 다리를 질질 끌면서도 해가 지기 전에 방을 잡아야 한다고 막무가내 나를 다시 들쳐업고 일어났으나 몇 발자국 못가 주저앉고 말았다. 세 식구가 한테 엉켜 우는 정황이 오죽 가근했으면 소를 몰고가던 촌로가 질마에 우리 남매를 태워 경상도 상주 어느 고을까지 데려다 주었을까. 잊을 수 없는 은인을 만났던 것이다.

우리가 마을 이장네 집 문간방을 얻어 겨울을 나는 동안 어머니는 손에 끼었던 금가락지를 팔아 장사밑천을 마련했다. 빨랫비누와 양잿물이나 간수 따위를 받아다 쌀이나 잡곡으로 바꾸어 왔다. 작은오빠는 솔가지를 쳐 오거나 가랑잎을 긁어다 땔감을 댔고, 나는 주인집 화롯 가에서 어머니와 오빠가 돌아올 때까지 눈만 깜빡거리고 앉아 있었다. 아들만 4형제를 두고 있던 주인 내외는 아 이가 하는 짓이 조신하다고 일쑤 짚에 묻어둔 홍시와 왕 사탕을 손에 쥐어주면 먹지않고 아껴두었다가 나뭇짐을 지고 오는 오빠에게 내어주곤 했다. 어린 마음에도 오빠 가 말할 수 없이 가엾게 여겨졌다.

산자락에 희뜩희뜩 남아있던 잔설이 녹고 나서야 우리 는 피난지에서 떠났다. 얌전한 어머니를 비누행상으로 내몰고, 작은오빠가 생솔가지를 꺾어 등에 지고 비틀거 리며 산비탈에서 내려오던 일이며, 고무총으로 잡아온 참새구이로 고기맛을 보던 그 섧고 섧던 전쟁이 끝났던 것이다. 다행스럽게도 의용군으로 나갔던 큰오빠도 몸 한 군데 다치지 않고 돌아왔다. 또 자고나면 홍역과 천연 두로 어린 목숨들이 수없이 죽어나가던 애장지에 내가 끼이지 않고 살아남은 것도 진심으로 감사해야 할 사항 이다.

이제 내 인생도 50대 중반을 넘어서고 있다. 가끔씩 지나간 날이 그리워 이렇게 명자나무 꽃빛 노을을 보며 회상에 잠긴다. 회상 속에서 작은오빠가 나타나는 날이 면 옥상에서 내려와 곧장 오디오 뚜껑을 연다. 리 오스카 의 하모니카 연주나, 척 멘시온의 「산체스의 아이들」을 듣고 있으면 드럼과 첼로, 전자기타와 트럼펫, 실크처럼 부드럽게 감기는 멘시온의 감미로운 목소리에서 오빠의 젊은 날을 느낀다. 태산목같던 오빠의 청춘도 세월속에 묻히고 말았지만, 얼굴에 여드름꽃이 한창 필 때, 뜨거운 피의 무게를 견디기 어려워 방황하던 작은오빠의 모습이 낡은 필름처럼 돌아간다.

오빠는 내게 하모니카를 통해 일찍 음악에 심취할 수 있는 귀를 열어 주었다. 아울러 50년대와 60년대를 거쳐오는 동안 나는 그 시대의 특유한 정서로 마음의 샘을 팠다. 두레박을 내려 아무리 퍼올려도 줄지 않는 우물을 파놓은 것이다. 그리고 아직도 재즈와 팝송을 즐기는 오빠는 그 우물에 뜬 반달이다.

이 글은 내 마음샘에 반달로 뜬 오빠에게 헌사하기 위해 쓴 것이다. 피난길에서 보여준 혈육애와, 복숭아 서리에 동참시켜준 사건과, 첫사랑이 화농으로 덧들려 저 굴참나무 숲에서 접동새가 울던 밤, 서툰 고백을 쓴 연서를 내 손에 쥐어주면서 비밀을 발설하면 가만 두지 않을 것이라고 협박까지 하던, 오빠의 젊은날의 초상을 그려본 것이다. 그러나 만일 작은오빠가 "이게 다 무슨 짓이냐"고 호통을 친다면 왕감자를 먹이고 도망칠 생각이다. 이래서 피는 속일 수 없다고 하는 모양이다.

(1996년 4월에)

남편의 실루엣

우윳빛 안개가 서린 이른 아침, 우리 내외는 산밤을 줍는다. 비탈에 떨어진 것은 청솔모와 다람쥐들 몫으로 여투어두고, 줍기 편한 산자락에서만 줍는다. 가끔씩 밤나무 잎사귀에 맺혔던 이슬이 빗방울처럼 후드득 떨어진다. 이는 밤의 습기를 털어내는 지구의 기침(起枕)이다.

보물찾기를 하듯 풀섶에 떨어진 밤알을 찾다가 남편을 바라다본다. 대의를 품고 살아오진 못했어도 가장으로선 나무랄 데 없이 살아온 사람이다. 30년 동안 가족을 위해 직업 전선에서 인생의 본문은 거반 쓰고, 지금은 텃밭에서 푸성귀나 가꾸는 촌부로 나머지 행간을 채우고 있다. '필경 저렇게 살다 죽으면 좋은 데 가겠구나' 싶은데, 때맞추어 알밤이 '툭' 해탈을 한다.

지금은 겨울이다. 나목의 성긴 가지 사이로 강설이 내리기 시작하면 그이는 새들의 먹이를 들고 부지런히 뒷산을 오르내린다. 까만 씨가 조밀하게 박힌 해바라기를 통째로 들고 가 바위에 올려놓는다. 그리곤 가만가만 들어와 팔짱을 끼고 창 앞에 선다. 새들이 주둥이로 해바라기 씨를 쏙쏙 빼먹는 모습을 손자의 재롱만큼이나 사랑스럽게 지켜본다. 북창을 열면 바로 코앞이 산이기 때문에 고것들이 하는 양을 세밀히 관찰할 수가 있다.

날짐승들에게 겨울은 시련의 계절이다. 제까짓 것들이 무슨 수행자나 된다고 그토록 철저하게 무소유를 고집하는지 모르겠다. 양식은 고사하고 한 끼 먹이조차 갈무리해두지 못하는 가난뱅이다. 가랑잎 위로 싸락눈이 흩날리기 시작하면 놈들은 그 때부터 몸이 달아 부산을 떨어댄다. 논바닥에 떨어진 나락도 동이 난지라 풀씨거나, 오동나무 열매거나, 마른 고욤을 쪼아야 하는데, 싸락눈이 어느새 함박눈으로 변하면 몸이 달지 않을 수 없게 된다. 더구나 산세가 높아 눈을 싣고 들어온 구름이 쉽게 물러나지 않는다. 한 번 시작하면 이삼 일은 족히 머물렀다 가는 터라 새들의 울음은 숫제 비명에 가깝다. 그토록 통통하던 몸피가 반으로 줄어드는 것도 배를 주린 탓이다.

이런 녀석들에게 그가 뿌려주는 좁쌀이나 해바라기는 성찬이다. 주로 제바닥에 눌러 사는 참새와 박새들이 찾아오는데, 참새들은 열 마리 이상 떼지어 와선 씨 한 알 빼먹고, 사방을 두리번거리다가 또 한 알 빼먹는 짓거리가 여간 햇가운 게 아니다. 씨방의 크기가 쟁반만 하여 대여섯 놈이 대들어도 충분할 터인데, 경계심이 많아선지 꼭 한 놈씩만 교대로 날아와선 먹는다. 필시 망을 보기 위한 저들만의 수작이려니 싶지만, 망을 보는 녀석들은 또 무슨 할 말이 그리 많은지 귀가 따가울 정도로 재

재거린다. 마치 세상물정 모르는 소녀들 같다. 도시의 공원에서 사람들이 뿌려주는 과자부스러기를 찾아 비상마저 포기하고, 천하게 전락한 비둘기와는 전혀 다르다. 권세 한 올도 잡아본 적 없는 이곳 사람들처럼, 빵 부스러기 한쪽도 맛본 적 없어 어쩌다 놓아주는 좁쌀이나 해바라기마저 조심스러워 번갈아 망을 보면서 먹는 것이다. 깃털이 고운 동박새나 딱새는, 한두 마리만 날아와선 꽁지깃을 살랑거리며 배를 채우고는 청명한 울음을 떨구며 가볍게 자리를 뜬다. 천한 기색이라곤 손톱만큼도 보이지 않는다.

남편은 새들의 먹이를 봄부터 준비한다. 동면에서 깨어난 흙을 삽으로 깊게 뒤집어 맨손으로 이랑을 짓고 해바라기 씨를 솔솔 뿌린다. 행여 빗줄기에 어린 싹이 다칠까봐 짚을 가지런히 깔아주면, 남몰래 가랑비도 다녀가고, 꿈속의 사랑처럼 소나기가 퍼붓기도 한다.

해바라기가 시집을 가는 곳은 주로 집 둘레다. 담을 치지 않고 주목으로 울을 삼았으나 아직은 품이 넉넉지 못해 키가 훤출한 해바라기를 심으면 여름 내내 에움벽 구실을 해준다. 그러다가 9월이 오면 노란 물결로 장관을 이룬다. 꽃 중에서도 해바라기처럼 소담한 꽃이 어디 또 있을까. 꽃도 소담하고, 씨도 풍성하여 품덕(品德)이 으뜸이다.

서릿바람이 살품으로 파고들면 그이는 숫돌을 꺼내다 낫을 간다. 쇠와 숫돌의 마찰로 희뿌연 물을 토해가며 파랗게 날이 서면, 그는 마대자루 몇 개와 새끼줄을 손수레에 싣고 나가선 아주 익숙한 솜씨로 해바라기 꽃대를 내려친다. 둥글고 묵직한 것이 툭툭 떨어지면 마대자루에 차곡차곡 담고 새끼줄로 묶어 창고에 보관했다가 겨우내 새들의 먹잇감으로 내준다. 씨를 털어서 갈무리해도 좋겠지만, 한사코 눈밭에 내다 걸어놓거나, 바위에 얹어놓고 녀석들이 주둥이로 쪼아먹는 모습을 즐긴다.

어찌 보면 이런 일은 지극히 사소한 일상에 지나지 않는다. 하지만 그에게 있어선 자칫 빠지기 쉬운 삶의 무력감에서 벗어나려는 하나의 방편이다. 이런 방편을 통해 다른 생명들과의 공동체를 형성해 나가는 계기가 되기도 한다. 때문에 눈오는 날에 새들의 먹이를 놓거나 안개낀 이른 아침에 알밤을 주워 소쿠리 담아들고 걸어오는 남편의 실루엣은, 나에게 존재의 고마움과 황혼의 비애를 동시에 안겨준다.

오늘밤에는 마당으로 나가선 하늘을 올려다보리라. 그와 내가 처음으로 어깨를 나란히 하고 걷다가, 문득 고개를 들어 바라다보던 붙박이별, 그 북극성을 다시 한번 쳐다보리라.

(2002년 10월)

카페 '샤갈'의 풍경

    내가 카페 '샤갈'을 알게 된 것은 윤약사를 통해서다.

    어느 날, 팔목관절이 시큰거려 제놀을 사려고 약국에 들렀다가 이 동네에는 갈만한 찻집도 한 곳 없다고 투덜거렸다. 예쁘장한 약사 아가씨는 나이든 아주머니께서 이 무슨 천부당한 말씀인가 싶었던지 두 눈을 동그랗게 뜨고 바라보더니, 이내 생글거리며 상냥하게 일러주었다.

    "요 솔밭공원 뒤로 가면 '샤갈의 눈내리는 마을'이란 카페가 있어요. 5층이라 전망도 좋고, 분위기도 괜찮아요. 한 번 가보세요."

    나는 고맙다는 인사를 하고 약방문을 나오면서 박상우의 소설 『샤갈의 마을에 내리는 눈』을 생각하고 웃었다. 박상우는 저 난세(難世)였던 70년대와 80년대에 자신과 그 연배들이 겪었던 갈등과 고민을 날카로운 의식으로 『샤갈의 마을에 내리는 눈』에다 속시원하게 쏟아 놓았던 것이다.

    80년대의 막이 내리는 제야의 밤, 창밖에는 폭설이 무섭게 퍼붓고, 그 시대에 수다하게 횡횡하던 논리와 주의 (主義)와 정치에 대한 혐오감으로 맥이 빠진 소설 속의 젊은이들은 술자리에서 이렇게 말한다.

"넝마주의자에게도 넝마주의가 있는 시대는 행복한 가?"

그리고 작가는 만취하여 몸도 제대로 가누지 못하는 두 명의 친구만을 데리고 마지막 기착지인 샤갈의 마을로 몰려간다. 샤갈의 마을이란 그림 그리는 노처녀가 아틀리에로 쓰고 있는 연립주택 지하를 말함이다. 그들은 춥다는 것을 빙자로 또 다시 술을 마셔댄다. 몽롱한 시선으로 바라다본 한 폭의 그림 속에는 붉은 태양과 흰 염소, 한 다발의 꽃과 두 여인, 옹기종기 모여 있는 눈 덮인 마을과 '겨울나무'가 있다. 샤갈의 마을에 평화스러움이 점점 희미해진다. 알콜의 농도는 이미 이들의 의식을 완전히 마비시키고 있었기 때문이다. 그 때 그림장이 노처녀는 인간이 지닌 원초적인 세 가지 욕망을 동시에 신음하면서 내놓는다.

"누가 그에게 전화를 걸어 줄 수 없나요. 샤갈의 눈내리는 마을에서 아직도 기다리고 있다고…. 춥고 배고파. 그리고 남자와 자고 싶어…."

박상우란 소설가는 어느 곳으로도 출구를 찾을 수 없이 차단된 시대의 벽 앞에서, 오로지 인간의 원초적인 욕망만으로 주리가 뒤틀리던 젊은이들의 상처를 소설로 싸매려 했다. 그리하여 붉은 태양과 흰 염소가 뛰노는 평화로운 마을을 동경하면서, 그 평화로운 마을에는 세상살이 방식에 전혀 길들여지지 않은 순진무구한 시인이 「찔레꽃」 노래를 부르며 살고 있기를 꿈꾸었던 것이다. 나는 『샤갈의 마을에 내리는 눈』에 이어서 『돌아오지 않는 시인을 위한 심야의 허밍코러스』를 쓸 수밖에 없었던 작가의 심정에 동조하면서 무척이나 감동했었다.

어찌되었건 이 소설은 90년도 벽두에 출간되고부터 대학가에서 상당한 인기를 끌었다. 샤갈의 마을에, 주인이 신음하듯 내뱉은 너무나도 인간적인 세 가지 욕망과, 넝마주의자들 앞에서 방황하던 젊은이들의 갈등이 독자들의 마음을 사로잡았고, 카페의 간판으로까지 나붙게 되었다. 단지 '샤갈의 마을에 내리는 눈'이란 시간적인 요소는 배제되고, '눈내리는 마을'이란 공간적인 장소로 바뀐 '샤갈……'은 서울의 대학로에서 청주에 있는 한 변두리 동네까지 입성하였다.

아마 내가 솔밭공원 뒤에 있는 카페가 '샤갈……'만 아니었다면 쉽게 발을 들여놓지 않았을 것이다. 어디든 한번 정을 들이면 다른 곳으로 옮기지 못하는 성미여서, 오랜 단골로 다니던 삼화령이 업종을 바꾸고 난 후로 어쩌다 시내를 나가게 되어도 통 재미가 없었다. 그렇다고 시내에 나갈 적마다 삼화령에 들렀던 것은 아니다. 그저 아무때나 내가 가고 싶으면 찾아가 마음 편히 앉았다가 올 수 있는 쉼터를 잃었다는 것이 못내 애석했던 것이다. 사소하나마 소중하기 이를 데 없는 나의 작은 행복을 잃고 나는 봄내 막막하고 쓸쓸하였다.

이제 카페 '샤갈……'이 새로운 쉼터가 되었다. 비가 오거나, 컴퓨터 앞에서 키보드를 두드리다가 어깻죽지가 아프면 집에서 입은 옷 위에 스웨터만 걸치고 나서면 된다. 솔밭공원을 돌아 15분 정도만 걸어가면 산뜻한 빌딩이 나온다. 카페로 올라가기 위해 엘리베이터를 타고 5번 단추에 손가락을 살짝 대면 빨간 불이 들어오고, 순식간에 오층 카페 앞에 나를 내려놓는다.

카페의 실내는 인테리어가 깔끔하다. 중앙에는 원탁과 등나무의자가 놓여 있고, 창가로는 앙증맞게 작은 탁자 앞에서 두 사람이 마주 앉아 이야기를 나눌 수 있는 푹신한 의자를 배려했다. 어깨까지 찰랑거리는 단발머리에 눈동자가 슬프도록 깊은 주인의 단아한 모습도, 이 카페의 분위기에서 빼놓을 수 없는 구색이라면 구색일 것이다.

오늘은 종일 비가 내린다. 하긴 며칠 전부터 장마전선이 북상한다는 일기예보가 있었으니, 모르긴 해도 7월 상순까지 비가 오락가락 하는 날씨가 계속되리라.

키가 작아 창가에 앉으면 의자에 파묻혀 오층 아래의 풍경은 창 높이에 가려 보이지 않는다. 먼 산과 푸른 들판과, 개발지역이란 명분으로 봄내 포크레인이 긁어내린 산자락의 붉은 속살만 보인다. 미분양 되는 아파트 때문에 부도를 내고 야밤도주하는 건축업자들이 늘고 있는 판에, 어찌된 일인지 해마다 도시에 인접한 농경지와 야

산들이 야금야금 아파트단지로 먹혀 들어가고 있다.

나는 되도록 철근이 앙상한 몰골로 서 있는 건축중인 건물이나, 포크레인이 파헤쳐 놓은 붉은 흙더미는 외면하고 먼 곳으로 시선을 보낸다. 장맛비에 우쭐거리는 여름산은 보기만 하여도 눈이 시원하다. 바람에 쓸리는 풀잎들이며, 밭에 심어 놓은 참깨며 콩포기들이 나붓나붓 크고 있을 들녘과, 그 사이에 있는 작은 마을, 허리띠 같은 길을 따라 방방 달리는 자동차를 보면서 잠시 동안의 여백을 즐긴다.

유리창 가득 빗물이 흘러내린다. 흘러내리는 빗물을 바라보며 나는 찻집 주인이 정성들여 타다 준 비엔나 커피를 마신다. 가운데 테이블에는 내가 들어오기 전부터 앉아 있는 귀때기 새파란 애들 네 명이 담배를 꼬나물고 양주를 홀짝거리며 장난을 치고 있다. 머리는 온통 서양 애들처럼 노랗게 염색을 하고, 사내 녀석들마저 귀고리를 달고 있는 꼴들이라니.

눈꼴이 시어 슬그머니 자리를 뜬다. 저 애들은 넝마주의란 말조차 아니 그 말 속에 담긴 의미조차 모를 것이다. 그래도 난세에는 저런 한심한 젊은이들은 없었는데, 적어도 술을 마시는 명분이 따로 있었는데, 왜들 저러는 것일까.

우산을 펴들고 길로 나와 서서 다시 한 번 카페 '샤갈……'을 올려다본다.

"누가 그에게 전화를 걸어 줄 수 없나요. 샤갈의 눈내리는 마을에서 아직도 기다리고 있다고……."

　지금의 카페 샤갈은 이런 곳이다. 귀때기 새파란 애들이 담배를 꼬나물고 청춘을 향유하기도 하고, 나 같은 저문 인생이 턱을 괴고 망연히 있다가, 젊은애들의 꼬락서니가 보기 싫어 슬그머니 자리를 뜨기도 하고, 누군가의 전화를 기다리며 설레는 가슴으로 연신 시계를 보는 연인들의 모습이 스크린처럼 스쳐가는 그런 곳이다.

(1995년 7월)

독의 挽歌

　뒷동산에서 들려오는 마른 바람소리가 허허롭다. 집주
인은 저를 버리고 외지로 떠났는데, 구름무늬 그려진 늙
은 독 하나가 폐가의 장독대에 혼자 남아 하늘의 영원을
꿈꾸고 있다.

　뒤꿈치를 들고 허리를 굽혀 독 안을 들여다 본다. 쌀
한 섬 들어가도 남을 만큼 넉넉한 크기의 항아리, 그 불
룩 나온 배를 이리저리 쓰다듬어 본다. 손바닥에 와 닿는
꺼칠꺼칠한 감촉에서 흙의 거친 숨을 죽여 깨끼질하던
옹기장이의 투박한 손길이 장히 느껴진다.

　햇볕 좋은 날, 소매깃 둥둥 걷어 올리고 태토를 물레
에 올려 이 독을 빚던 옹기장이는 무슨 생각이 들어 이렇
게 손가락으로 구름을 휘익 그려 넣었을까. 가난한 옹기
장이의 꿈이 구름으로 떠 있는 배불뚝이 늙은 독은 반쯤
무너진 축대 위에서 동굴같이 큰 입을 벌리고 쓸쓸히 서
있다.

　나는 고향에 올 적마다 몹시 우울하다. 마음 깊이 믿
고 있던 친구가 편지 한 장 남기지 않고, 어느 먼 곳으로

떠나버린 것처럼 허전함과 서운함을 떨쳐버릴 수 없기 때문이다.

몇 년 사이, 이 마을에는 집이 일곱 채나 헐리었다. 삼태기 속 같은 아늑한 산아래서, 다복솔처럼 정답게 지붕을 맞대고 살던 이웃들이 도시로 빠져나가기 시작하여, 끝내는 이 집마저 헐리게 되었다.

작년 봄까지 이 집에는 허씨 내외가 살고 있었다. 아들딸 육남매를 잦은 터울로 키워 모두 출가시키고, 노인 두 분이 조상의 묘소와 종가의 위신을 무던히 지켜왔었다. 해소병을 앓던 허씨가 작고한 후, 홀로된 마나님을 큰아들이 서울로 모셔가자 그대로 빈 집이 되고만 것이다. 집과 농토를 모개로 내놓아도 흥정하려고 덤비는 작자가 없고, 싼 도지로 농사 지을 사람을 찾아보았으나 그일도 여의치 못하여 끝내 저 지경에 이르고 만 것이다.

아무리 좋은 집도 사람의 기운이 닿지 않으면 대번 퇴락해지기 마련이다. 일년 동안 비어 있던 집은 영락없이 도깨비 소굴 같다. 먼지가 수북한 대청마루며 허물어진 토방이며 장독대를 바라다보니, 허영허영 넘어가는 인생살이가 한바탕 꿈인가 싶다.

예전에 허씨네 집 살림 규모는 제법 컸었다. 대청마루 중앙에는 뒤주가 놓여 있었고, 뒤주 옆에는 태엽감는 기다란 괘종시계가 연일 뚝딱거렸다. 안방에는 진사를 지낸 증조부 초상화와 육남매 자손들의 돌사진이며 졸업사진 등을 넣은 액자가 벽에 줄줄이 걸려 있었다. 뼈대있는 집안의 번성함을 벽에다 전시해 놓고 근엄함을 지켰으며, 종가의 안주인은 맵고 야무진 솜씨로 장맛을 자랑하였다.

장독대의 크기로 가세의 풍족함을 짐작했던 시절, 장맛은 곧 그 집안의 길흉을 예시한다고 믿었다. 추녀끝에 매달린 고드름이 거반 녹아갈 정월 하순이면, 허씨 부인은 장 담글 채비를 서둘렀다. 장은 일찍 담글수록 변패가 없고, 단맛을 내기 때문이다. 길일을 택하고 소금물 미리 받아 정성스럽게 장을 담그고 숯을 피워 띄우는 일도 잊지 않았다.

막장도 맛맛으로 갖추어 담고, 항아리는 크기대로 정연하게 손질해 두었다. 장독대는 토속 신앙의 대상으로도 성스러운 장소였기 때문이다. 새벽이면 정한수 떠다 놓고 가족들의 무병장수를 빌던 허씨 부인의 무수한 염원으로 언제나 윤기가 자르르 흘렀다. 또 다알리아, 맨드라미, 금송화가 사그라지는 꽃밭에서 마지막 빛깔을 뿜어내는 팔구월이면, 싸리나무 채반에 토란줄기 호박고지 널어 청명한 가을볕 잡아두었던 곳이다. 이런 장독대의 전형적인 모습이 세월의 저편으로 사라져 가고 있다. 급변하는 시대의 소용돌이 속에서, 여인들의 정신적인 의지처였고 신앙의 대상으로 진정한 삶의 의미를 부여했던 장독대의 가치관이 무너져가고 있는 탓이다.

해마다 묵정지가 늘어나고 있다. 구정물 한 바가지도 허투로 버리지 않고 돼지 먹여 키우고, 쌈지돈 푼푼이 모아 장만한 논밭을 두고 사람들이 떠나가고 있기 때문이다. 소나무의 옹이처럼 손바닥에 굳은살이 박히도록 농사지어 보았으나, 다락같이 오르는 물가를 따라잡을 수 없다는데, 무슨 구실로 떠나가는 발길을 잡을 수 있겠는가. 더 이상 새로울 것도 없고, 기대할 것도 없는 시대의 모멸감으로 신음하는 농촌은 하루가 다르게 황폐해져 가고 있다.

멀리 쑥부쟁이 우거진 묵정밭을 바라본다. 밑천 없이 떠나간 사람들의 삶은 어디를 가나 매양 팍팍하다. 기껏 공사판 날품팔이로, 더러는 공장의 근로자로 떠돌 수밖에 없어서다. 고단할수록 태어난 자리가 얼마나 그리우랴. 순하게 우는 멧비둘기 울음이며, 산허리를 붉게 물들이던 진달래는 또 얼마나 삼삼하랴. 흙살이 갈라지도록 감자며 고구마를 키우던 텃밭은 또 얼마나 보고 싶으랴. 고향을 두고도 돌아오지 않는 현대판 실향민들을 다시 불러올 새로운 방도는 정녕 없는 것일까.

연어는 생후 6개월만 되면 밀물을 버리고 먼 북태평양으로 떠난다. 그 곳에서 회유하며 자란 후 아무도 가르쳐주지 않았건만, 수천 마일의 험한 바닷길을 헤엄쳐 제가 부화한 모천으로 돌아온다. 돌아와선 단 한 번의 산란을 끝으로 생애를 마친다. 이런 모천회귀(母川回歸)의 선각자가 그리운 시절이다. 흙에서 나 흙에서 자라고 흙으로 돌아갈 목숨들인데, 고향으로 돌아와 묵어가는 땅에 희망의 잣대를 세워줄 인간 연어는 어디에 있는가.

우수수 또 한 무더기 바람이 불어온다. 다시 한 번 배불뚝이 늙은 독을 쓰다듬어 본다. 빛바랜 유약이며 군데군데 난 흠집에는 세월의 때가 배어 있다. 손가락으로 슬쩍 목 언저리를 두드리자 웅 웅 웅— 독은 깜짝 놀랄 만큼 생소한 소리로 울기 시작한다. 외롭게 버려진, 그래서 더 서러웠던 울음을 한꺼번에 터뜨린 것이리라. 청댓잎보다 더 푸른 울음을 토해 내던 독의 만가(挽歌)를 나는 오래도록 잊지 못할 것이다.

(1992년 2월에)

流轉

올해 86세 된 노모께서 서가에 꽂힌 책을 손가락으로 쭈욱 짚어 나가며 "얘야, 내가 읽을 만한 책 없니?"라고 물으셨다. 나는 『우리의 화가 박수근』을 권해 드렸다. 가난한 화가의 아내 김복순 여사와 같은 난세의 지돌잇길을 거쳐오셨으므로 느끼는 감동이 각별할 것 같아서였다.

볕뉘도 가려진 꽤나 잠포록한 날씨였건만, 책을 받아든 어머니는 평상을 창 앞으로 들고 가셨다. 그리곤 돗수 높은 안경을 꺼내 쓰시더니 이내 독서삼매에 빠져들었다. 딸은 맞은편 식탁에서 노촌(老村) 이구영 선생이 옥중에서 번역한 『호서의병사적(湖西義兵事蹟)』을 폈다. 거실 창 앞과 식당을 사이로 모녀가 두어 시간 남짓 정물화 같은 동작으로 앉아 책장만 넘기었다. 그래도 나는 간간이 책에서 눈을 떼고 어머니를 바라보며 미소를 짓곤 하였다. 책을 읽고 있는 노인의 한가한 모습이 여간 보기 좋은 게 아니었다. 정오가 조금 지나서 점심상을 차리고 있을 때였다. 어머니께서 치맛자락을 끌어다 얼굴을 감싸고는, 눈물바람을 일으키기 시작하셨다.

"고지식한 여편네 같으니라구. 일본놈 가게에서 가져온 양산을 모른 척 받아 두지 남편을 그리도 무안하게 만들게 뭐람. 누군 양심이 없어서 훔쳐 온 건가."

화가 박수근 선생은 태평양 전쟁이 한창 격류하던 시절에, 아내가 매일 갓난 아기를 업고 야채를 팔러 다니는 게 안쓰러웠다. 돈벌이도 시원찮은 그림 그리기는 백수나 다름없던 터수여서, 흙먼지가 풀풀 이는 뙤약볕 아래서 야채를 파는 아내를 위해 일본인 상점에서 양산을 훔쳤다. 남편의 주머니 사정을 빤하게 꿰뚫고 있는 아내는 양산의 출처를 캐물었고, 다시 상점 주인에게 돌려주었다. 어머니는 남편의 지극한 애정을 눈감아 주지 않는 부인에 대한 원망도 원망이었지만, 그보다는 아내를 그토록 떳떳하게 할 수 있는 남편이라는 튼튼한 버팀목이 부러워서였을 것이다. 여자에게 있어 사랑이란 얼마나 절대적인가. 그 무엇과도 비견할 수 없는 기쁨이고, 아픔인 것을, 위로와 구원인 것을. 그리하여 애옥살이를 할 망정 아내를 위해 양산을 훔칠 만큼 지아비의 사랑이 극진하다면, 거리에서의 행상보다 더한 일인들 마다하겠는가.

어머니는 서른 넷에 그런 절대의 버팀목을 잃으셨다. 홀로 어린 삼남매를 치마폭으로 감싸고 격랑의 여울을 건너오셨으므로, 화가 박수근 선생의 일대기는 감동의 눈물을 흘리기에 충분했다. 나는 노모의 볼을 타고 흐르는 눈물을 닦아주고 품에 안았다. 소슬한 바람기가 이마를 스치는 삶의 종착역 앞에서, 다리쉼을 하고 계시는 어머니의 몸피는 작고도 작았다.

어머니께서 집으로 돌아가신 지 달포가 지났다. 어제 저녁 나는 양귀자의 소설 『천년의 사랑』을 읽고 어머니처럼 치맛자락으로 눈물을 훔치고 있었다. 때맞추어 연구실에서 돌아온 큰아들이 깜짝 놀라 우는 까닭을 물었다. 나는 여짓여짓 머뭇거리다가 소설의 주인공 오인회와 성하상이란 두 남녀의 사랑이 너무 아름답고 슬퍼서 운다고 했다. 한 작가가 남녀의 주인공을 통해 가슴에 묻고 가는 사랑을, 가슴속 깊이 묻어 놓고 홀로 있어도 외롭지 않은, 눈물겨운 사랑의 애절한 울림이 나를 울게 했던 것이다. 녀석은 대들보가 들썩거릴 만큼 큰소리로 껄껄댔다. 속시원하게 웃어젖히곤 포켓에서 손수건을 꺼내 눈물을 닦아주고, 어미를 품에 안으며 한 마디 읊었다. "이럴 때 어머니는 꼭 소녀 같아요."

나는 울음을 거두고 아들과 함께 소리내어 웃었다. 아니 웃지 않을 수가 없었다. 내가 어머니를 품에 안으며 한 말 그대로였기 때문이었다. 이런 것을 일러 유전(流轉)이라 하는 것일까.

(1996년 3월)

옹기 예찬

내가 옹기에 관심을 갖게 된 것은 삼화령 주인 조선생을 통해서다. 그는 일찍부터 전통문화 보존에 눈을 뜬 사람인데, 돈벌이도 안되는 그런 일을 찾아 늘상 바쁘게 돌아다닌다. 이재(利財)에 영민하지 못한 고지식함으로 손해도 적잖이 보았지만, 시간이 지나면서 그의 사람 됨됨이를 인정하고 아껴주려는 지인(知人)들이 모여드는 것은 그에게서만 맡을 수 있는 인향(人香)에 이끌려서일 것이다.

무엇보다 청주 토박이도 아닌, 경상도 출신인 그가 녹차의 불모지나 다름없는 청주지방에 녹차 문화를 정착시켜보겠다고 삼화령이란 간판을 내걸고 오프닝을 하던 날에는 사물패까지 불러들였다. 그러나 사물패들이 놋다리굿을 신명나게 울리고 갔음에도 파리만 날리는 불황을 몇 년간 겪어야 했다. 그렇게 적자를 보면서도 난감해하는 기색 한 번 보이지 않고 지금까지 끌어온 것만 해도 그가 어떤 인물인가 대충 짐작이 갈 것이다.

그러나 알음알음으로 찾아오는 단골이 잡히자 이번에

는 옹기 만드는 일에 손을 댔다. 처음 얼마간은 무형문화재로 지정받은 이종각 씨네 항아리를 사들이더니, 지난 가을부터는 아예 작업장으로 뛰어들었다. 시중에 나와 있는 신식 옹기는 납을 산화해 만든 광명단이거나, 도자기 착색재로 쓰이는 망간을 유약에 섞어 바른 것들이다. 이런 화공 약품을 배합해 쓰면 불을 많이 때지 않아도 쉽게 익고, 가마에 들어갈 때 여러 개씩 쟁여 넣어도 파기가 적다고 한다. 조선생이 이런 엉터리 옹기들이 인체에 끼치는 해독과 먼 옛적, 빗살무늬 토기로부터 발달해온 옹기의 장구한 전통을 요즈음 사람들에게 새롭게 인식시켜 주어야 한다고 돈벌이와 영 딴판인 옹기 굽는 일에 발 벗고 나선 것이다.

사실 옹기는 오랜 세월 동안 우리네 생활 속에서 없어서는 안될 중요한 용기였다. 우리 나라가 발효식품 종주국으로 앞서게 된 것도 옹기라는 우수한 저장 그릇이 있었기 때문일 것이다. 적어도 고무함지와 플라스틱과 냉장고 용기로 쓰이는 스테인리스 스틸이 쏟아져 나오기 전까지 너벙시욱으로 입이 큰 젓동이는 온갖 맛깔스러운 젓갈을 발효시키는데 한 몫을 단단히 했었다. 뚝배기는 장을 끓이고, 수박동이로 물 길어오고, 길어온 물은 물항아리에 채워두고 퍼 썼다. 하얀 무명행주치마 허리에 잘끈 매고 또아리 받쳐 물동이 이고 조신조신 걸어오던 젊은 여인의 아리따운 자태는 어린 시절부터 한결같이 내 미의식을 주관하기도 했었다.

이렇게 그릇도 모양에 따라 쓰임새가 달랐다. 또 그
쓰임새로 인한 기능이란 것도 사람의 운명과 같아서 어
떤 것은 평생토록 천한 신분으로 살아야 한다. 같은 옹기
면서 인분을 퍼담아 지고 다니던 거름장군이나, 인뇨를
받아 밭에 뿌릴 때 쓰이던 구뎅이는 냄새 고약한 것을 담
아쓰는 용기로 운명지어져 사철 건천에 놓인 외톨박이
신세였다. 설거지 도맡아 해온 옴배기도, 김칫거리 씻어
버무리고, 두부콩, 떡쌀 씻어 담그어 두던 널벅지나 자배
기도 충직한 노비처럼 온갖 허드렛일 도맡아 해온 쓰임
새 고달팠던 그릇이다. 주인의 어떠한 부림에도 거역의
몸짓 한 번 못하고 육시당하듯 한 생을 살다간 노비의 운
명과 흡사했던 팔자라니…….

같은 흙이면서 비상하는 학의 날개 옥빛으로 감싸고
사대부집 문갑 위에서 호사를 누리던 청자항아리나, 설
백자 연적이 어찌 노역의 한 생을 살다간 옹기의 한을 알
랴.

반면 황토벽 두터운 토광 안에서 쌀이며 잡곡을 담아
두고 먹던 큼직큼직한 지사독의 늠름함은 또 어떠했던
가. 명절 밑이면 애정지게 빚은 술 설익을까 배부른 항아
리 아랫목에 모셔 놓고, 솜이불 푹 씌워두면 어질머리 일
도록 방안 가득 술 익는 냄새가 진동하던 정경도 미소지
을 만한 풍속도 한 폭이다.

조선생이 만드는 옹기는 몸매가 아담하고, 가다루기
쉽게 허리 중간에 너벙꼭지를 단 오가리가 많다. 흔히 오

가리를 단지라고 부르는데, 입매는 둥근시욱으로 참하게 굴리고, 허리엔 모양을 내느라 가는 선의 홀태를 치거나 난초잎 몇 줄기 시원스레 그려 넣었다. 그가 대독이나 중두리보다 소품에 신경을 쓰는 것은 현대인들의 주거공간이 거의 아파트로 바뀌어가고, 예전처럼 저장식품을 덜 만들어 먹는 식생활의 변화에 대응하기 위해서가 아니었나 싶다.

아무튼 조선생이 옹기에 손을 대고나서 우리 집에는 꽤 많은 옹기가 모였다. 베란다에 가지런히 놓여있는 스무개 남짓한 독깨그릇도 기물답고, 그가 시험삼아 만들어본 옹기쟁반, 알뚝배기, 잔받침, 커피잔에서 애단지까지 여러 형태의 진짜 옹기들은 제각기 발색이 다르다. 어떤 것은 붉은 갈색이 나는가 하면 진한 고동색을 띠거나, 그도저도 아닌 어중간한 색을 지닌 것도 있다. 아마도 이런 것은 가마속으로 들어가는 불씸에 따라 다를 수도 있겠지만, 대개는 낙엽이나 콩깍지 등을 태워 만든 잿물의 농도와 약토의 성질이 크게 작용하지 않았나 나름대로 추측해본다.

잔받침 하나는 모양도 약간 일그러지고 갈색 유약이 눈물방울처럼 흘러내리다 굳어버려 그야말로 파격의 美를 자연스럽게 갖추었다. 가끔 장인의 칼끝으로 일일이 문양을 새긴 목판을 꺼내 놓고, 그 파격의 미를 갖춘 잔받침에 하늘색 한지를 깔고 다과를 담는다. 이럴 때, 차는 마른 국화꽃을 우린다. 옹기 찻잔에서 피어나는 국화꽃 몇 송이를 들고 있으면 부생육기(浮生六記)에 나오는 아름다운 여인 운(雲)이 부럽지 않다. 오관을 자극하는 맛과 시각적인 분위기를 타고오는 솔바람소리, 차고 시린 계곡의 물소리, 어머니의 젖가슴처럼 부드러운 흙의 감촉을 내 명상 속으로 끌어들일 수 있기 때문이다.

행복이란 이렇게 단순한 것이다. 차 한잔에 깃든 편안함, 예서 무엇을 더 구할 것인가. 손으로 빚은 물건은 이래서 좋다. 사람의 체온이 느껴지는 옹기는 더욱 그러하다. 비록 청자나, 백자, 분청같이 세련된 조형미는 없을지언정 걸죽한 탁주 담아 길가던 나그네 목을 축여주던 큰꼬맥이와 개다리 소반과의 수수한 어울림 속에는 민중들의 애환과 정서와 토속미가 고스란히 배어 있었다. 참으로 되돌아가고 싶은, 그리운 전경이다.

문화와 과학의 발달은 항시 자연과 상반되기 마련이다. 물레를 발로 차며 젖힌 목으로 육자배기 부르는 대장장이의 흥에 따라 익살스럽게 빚어졌던 옹기들이, 가볍고 다루기 간편한 신식그릇에 밀려 점차 종적을 감추어가고 있다. 나그네의 고단한 여정과 대장장이의 육자배기 가락과, 알뜰한 아낙이 끼니마다 쌀 한 줌씩 절미하여 넣어두던 좀도리와 흙부뚜막의 전경은 어디에서도 찾아보기 어렵다. 이런 시대에 옹기가 자연의 기운에 따라 숨쉬는 그릇, 습도조절을 저 혼자 할 줄 알아 방안에 가습기 대신 사용해도 손색이 없는 실용성을 아무리 목청 돋구워 본들 들어 주는 이 얼마나 될까.

조선생은 오늘도 좋은 질을 찾아 저 남도땅 어딘가를 더듬고 있을 것이다. 노란 솜양지꽃 앙증맞게 핀 이 따뜻한 봄날에, 사라져가는 옹기의 맥을 잇기 위한 그의 고단한 행적이 고맙고 고마울 뿐이다.

(1995년 4월)

어머니의 歸去來辭

자박자박 마른 잎을 적시며 비가 내린다.

비둘기 몇 마리가 물먹은 잔디밭에서 부리를 씻는다. 한끼 양식조차 갈무리 할 줄 모르는 새들에게 겨울은 춥고 배고픈 계절. 아파트 단지를 사촌집 드나들 듯 하는 녀석들은 오늘도 먹이를 구하러 온 모양이다.

하건만 종일토록 비가 내려 아이들이 먹다버린 과자 부스러기 한 조각도 구경하기 어렵다. 빈 입이라도 다셔 볼 양 잔디밭과 보도블록 사이를 종종거리며 연신 입질을 한다.

찬비 맞고 허기져 오신 손님, 그대로 돌려보낼 수 없어 현미쌀과 좁쌀을 반반 섞어 바가지에 들고 나가니, 푸드득 붉은 벽돌담장 위로 날아간다. 다시 내려와 먹겠거니, 빈 부리만 놀리던 잔디밭과 보도블록 여기저기 훌훌 뿌려 놓고 돌아섰다.

내가 3층으로 올라와 현관문을 닫고 거실 창가로 돌아와 앉기까지 소요되는 시간은 4분 정도다. 그 사이 새들은 땅으로 내려와 이게 웬 성찬이냐고 꽁지깃을 까불거리며 입놀림이 바쁘다.

내 귀는 다시 자박자박 빗소리에 젖는다. 아니 내 귀만 젖는 게 아니다. 온 산천이 죄 젖고, 정원의 후박나무 갈색잎이 젖으며, 노랗게 떨어진 솔잎도, 담장 밖에서 날아온 버즘나무 너른 잎사귀도 함께 젖는다. 이리저리 바람에 끌려다니던 낙엽의 남루한 잔해들이 비로소 한줌 부토(腐土)로 돌아갈 숙명의 자리에 누워 있음이다. 그 위로 내리는 겨울비는 고운 수심이 아닌, 임종의 비읍(悲泣)이 절절하다. 더는 원혼처럼 떠돌지 말고 영면하거라. 낙엽이란 이름으로도 존재할 수 없는 한계에 다달았음을 알아야 하느니. 이렇게 타이르는 비의 말씀이 진종일 그치지 않는다.

이와 같은 비의 말씀에 순종하여 제 살을 뿌리로 돌리는 것이 어찌 낙엽 뿐이던가.

인생의 여든일곱 회랑(回廊)을 돌아온 우리 어머니께서도, 저문 세월의 자락에 누워 귀거래사(歸去來辭)를 입에 담고 지내신다.

"내가 너무 오래 산다. 어서 자는 듯이 돌아가야 할긴데……"

그 말씀이 하도 진지하여 당신께서 돌아가야 할 곳이 어디냐고 여쭈어보면,

"그야 흙구덩이지. 그만 돌아가 누워야 내 몸도 편하고, 느네들 짐 덜어준다."

이것이 어머니께서 읊으시는 귀거래사의 본문이다. 더

불어 수시로 염주를 돌리며 "부처님 자는 듯이 어서 데려가 주사이다" 하고 보채시는 노보살님 기도문은 딸의 가슴을 자박자박 적시는 겨울 빗소리다.

어머니께서는 생의 회랑을 여든일곱 번 돌아오시는 동안 마음속에 세 분의 보살을 모시고 살았다. 관세음보살과 지장보살, 끝으로 천수천안보살인데, 위 세 분을 모신 연대가 정확하게 나누어져 있다.

20대 중반에서 30대 중반까지는 세상의 소리에 귀를 열어놓고 계시는 관세음보살과 친하였다. 북간도에서 상해로, 상해에서 만주로 부초처럼 유랑하는 남편을 두고 있었던 여인은 하고많은 푸념을 관세음보살의 귀에 대고 다 털어놓았던 것이다. 만리타향에서 어느날, 꿈결처럼 "나 왔소" 하고 문고리를 흔들 것만 같아, 첫닭 우는 소리를 듣고서야 잠자리에 들었다는 여인은 관세음보살이야말로 따뜻한 가슴을 지닌 최고의 도반이었을 것이다. 놋화로 앞에서 바느질하면서 첫닭이 울도록 천번 만번 관세음보살을 찾았으나, 서른넷에 지아비에 대한 기다림의 끈을 놓치고 말았다. 만주 길림성에서 양조장을 하시던 아버지께서 돌림병으로 사흘을 앓고 돌아가셨기 때문이다.

여자 나이 서른넷에 혼자되었다는 것은 부끄러운 일이다. 남편을 앞세운 팔자 센 여자가 된 것 같아 3년 동안을 죄인처럼 두문불출하였다. 외할아버지가 돌아가셨어도 마당에 초석을 내다 깔고, 쪽머리를 풀어 호곡하는 것으로 자식의 도리를 지키셨다. 그렇게 스스로 쳐놓은 울타리 안에서 3년 간의 칩거를 끝내고는 이번에는 지장보살과 새로운 교제를 시작하였다. 말도 배우기 전에 아버지를 여읜 딸이 영 사람구실도 못하고 죽을 것 같아서였다고 했다. 나는 잠결에도 늘 어머니께서 지장보살님께 올리던 간구를 잊지 못한다.

"아비 얼굴도 모르는 저 불쌍한 것, 몸 성히 키워주사이다. 지장보살, 지장보살……."

마침내 우리 형제들은 어머니께서 관세음보살과 지장보살께 올린 간곡한 기도의 공덕으로 장성하여 제각기 가정을 이루었다. 며느리가 들어오고, 서릿병아리처럼 제 몸도 추스르지 못해 비틀거리던 딸도 시집와 아들을 둘이나 얻었다. 우리 형제들 몸에서 낳은 아이들이, 또 제 새끼들을 쳐 4대가 모이면 30명에 이른다.

이렇게 자손들이 번창해지자 아무래도 두 분의 보살님만으로는 안되겠다 싶으셨는지 천개의 손과 천개의 눈을 가진 천수천안보살을 모셔왔다. 사실 천수천안보살은 관음보살이다. 관음보살이 여러 모습으로 현신하는 것을 어머니는 모르고 계셨으므로, 천수천안이란 수의 개념만으로 생각건대 최고의 능력자였다. 그러므로 이 보살의 '빽'을 믿고 30여 명에 달하는 살붙이들만 아니라 동네 사람들의 딱한 사정까지 떠맡아 기도를 올렸다. 백혈병을 앓고 있는 아무개네 집 큰딸은 시집도 안 간 처녀이니 천수로 어루만져 주십사 빌으시고, 3년 전에 자암골로 들어와 빈집을 수리하고 남의 농토를 얻어 부치고 있는 규호네, 밥술이라도 제대로 먹게 해달라고 부탁하셨다. 다소곳이 보리수 염주를 들고 앉아 기도하시던 동그스름한 얼굴이며, 인자한 입매와 자그마한 몸가짐이 영락없이 감실부처님이시다. 경주 남산 불곡 바위 안에 계시는 할머니 부처님이 친정집 안방으로 오시어 천수천안보살과 두런두런 기막힌 인간사를 주고받으셨다.

그런 노보살님이 이제는 해저문 생의 끝자락에 누워, 오래 사는 것도 업력의 부림을 당하는 일이라며 귀거래사만 읊으신다. 어서 돌아가게 해달라고, 그만 자식들 짐 덜어줘야 한다고, 성화를 부리는 어머니의 목소리가 자박자박 겨울비 소리로 들려온다.

(1995년. 11월에)

어느 초로인생의 귀향

비어있는 줄 알면서도, 우산을 받고 서씨가 기거하던 집으로 들어섰다. 낡은 양철통 물받이에서 떨어지는 빗물 소리가 요란한 뜰에는 주인 잃은 목 긴 장화와 낡은 고무신 한 켤레가 정물화처럼 놓여 있다.

'존재의 무화, 그리고 적멸.'

신발이 놓여 있는 뜰을 바라보며 입에 담아 본 말들이다. 수굿하게 내려앉은 차양 밑으로 허름하기 짝이 없는 저 문을 열면 바로 안방이다. 저 안방 아랫목에서 집 주인은 임종하기를 원했다. 그렇지만 그는 저 안방으로 돌아오지 못하고 하얀 시트가 깔린 병원 침상에서 운명하였다. 폐암 말기였던 서씨가 더 이상 회복이 불가능하다는 것을 짐작하고, 누추하나마 집으로 돌아와 아랫목에서 종신하기를 그토록 원했던 것은, 고지식한 성품 탓만은 아니다. 태가 묻힌 제바닥에서 예순일곱 해를 살아왔는데 그만한 귀소본능이 어찌 생기지 않을 수 있겠는가. 평생 동안 경작했던 전답이며, 형님이니 아우님이니 하고 지내던 이웃들의 얼굴을 눈감기 전에 한 번 더 보고 싶어서였을 것이다. 그래야만 섭섭지 않게 길을 떠날 수 있을 것 같아 자손들에게 막무가내 떼를 썼던 것이다.

이를 두고 개중에는 자손들이 쓸데없는 고집을 부렸다고 옴니암니 떠들어댔다. 그러나 아픔의 별천지에서 한 번의 호흡조차도 힘겨워 하는 아버지를 집으로 모셔올 수가 없었던 입장도 이해해 주어야 할 것이다. 그들이라고 죽음의 정점에서 당신이 기거하던 방으로 돌아와 임종하고 싶어하는 부친의 심정을 왜 모르겠는가. 그럼에도 집으로 모셔오지 못한 것은, 부친에 대한 죄스러움 때문이었을 것이다. 죽음의 그림자가 골수에까지 드리운 줄도 모르고, 90년 만에 든 가뭄과 몸싸움을 벌여 농사를 지었다. 그리곤 방아까지 찧어다 들여놓고

정작 당신은 햅쌀밥 한 그릇도 먹어보지 못한 채 병원으로 실려 온 아버지를 어찌 그렇게 보낼 수 있을 것인가. 모르핀이라도 놓아 편안하게 눈감으시길 바래서였을 것이다.

고인이 작고하기 한달 전쯤이다, 동네 사람들이 노인정에 모여 서씨의 병 문안을 다녀오기로 날을 잡았다. 사흘 전까지 잠포록하던 날씨가 전날부터 눈을 퍼붓더니 내쳐 찾아온 대한추위가 훼살을 부리듯 칼바람을 몰고 왔다. 길이 온통 빙판을 이루어 시내버스가 이역재를 넘어오지 못했다. 봉고차를 불러오기로 했으나 어느 한 사람도 사나운 날씨를 입에 올리지 않았다. 살아서는 돌아오지 못할 사람을 만나러 가는 길이었기 때문이다.

마을 사람들이 그렇게 추위에 떨면서 병 문안을 다녀온 지 달포 만에 서씨의 부음이 전해졌다. 아픔의 별천지에서 홀로 헤매던 그는 가죽만 남은 육신을 벗어 놓고 기어코 떠나고 만 것이다. 아침에 고인의 장남이 전화로 아버지의 부음을 일심회 회장에게 알려 주었다. 회장님은 곧바로 마을 회관에 설치된 마이크에 대고 부음을 알렸다. 이미 예측했던 일이지만, 그의 죽음은 입에 담기조차 안쓰러워, 너나 없이 눈물을 지으며 노인정으로 모였다. 장례 절차를 의논하기 위해서다.

돌이켜 보면 그의 생애는 참으로 기구하고 신산했다. 기구하고 신산한 삶을 전신으로 끌어안게 된 것은 50대 초에 아내를 잃은 데서 연유되었다. 애면글면 기르던 오 남매를 남편에게 고스란히 떠맡기고 부인이 심장병으로 급사(急死)하자 살림 꼴은 말이 아니었다. 그렇다고 산골 촌부에게 선뜻 재가해 올 여자도 없었고, 또 아무나 집안에 들일 수도 없는 처지였다. 몇 번의 혼담이 오고갔지만 중년 홀아비가 재혼하는 일은 쉽지 않았다. 이곳 저곳으로 다리를 놓은 지 3년 만에 오 남매 자녀가 딸린 과수댁을 만났다. 실로 묘한 인연이었다. 서씨도 소생도 오 남매를 두었으므로 어쩔 수 없이 가봉녀와 가봉자를 합한 10남매의 아버지가 되어야 했다. 재산이라고는 산전뙈기와 다랑논 몇 마지기가 전부였다.

열두 식구로 늘어난 가솔의 생활비와 자녀들 학자금을 마련하기 위해 그는 남보다 더 부지런을 떨어야 했다. 농사 이외 돈벌이가 되는 일은 무엇이든 마다 않고 달려들었다. 수매장에서 볏가마를 나르기도 하고, 미장일도 마다하지 않았다. 손바닥 잔금이 지워지도록 노동을 필생의 업으로 삼고 각단지게 버티어 구 남매를 제여곰 앞가림을 할 정도로 키워냈다.

그러나 아내가 데려온 막내녀석이 대학에 들어가고 나서는 부인은 자주 집을 비웠다. 자식놈 뒷바라지를 해준다고 서울로 올라가선 한 학기를 끝날 때까지 얼굴 한 번 비추지 않았다. 반 년 만에 내려와도 이삼 일 머물렀다가 다시 올라가곤 하였다.

서씨는 멀어지는 인연을 개의치 않았다. 혼자 자고 일어나 밥을 짓고, 혼자 수저를 들고 달그락거리며 입에 밥을 떠 넣었다. 그리고는 대지의 아들답게 쇠잔한 육신을 굽스려 흙에 공헌하였다. 흙은 그에게 종교이고, 철학이고 이념이었으므로 늙었다고 빈둥거리며 시간을 허비한다는 것은 흙에게 죄송한 짓이었다. 때문에 지난 여름부터 죽음의 징후가 몸에 나타났으나 늙으면 생기는 병이거니 대수롭지 않게 여겼다. 90년 만에 찾아온 가뭄으로 전답이 타들어 가는 것만이 안타까웠다. 물줄기를 끌어들이기 위해 동분서주하면서 소신공양하듯 그이 전답에 여력을 다 바쳤다.

땅은 서씨의 소신공양에 답례하였다. 참깨와 벼는 풍작을 이루었고, 콩도 예년만큼 수확을 거두었다. 가을걷이를 서둘러 끝내고 동네 아낙들 손을 빌어 김장을 담아 땅에 묻었다. 그리고는 뜰에 목 긴 장화와 낡은 고무신 한 켤레를 정물화처럼 벗어 놓고, 병원으로 떠난 지 석 달 만에 외롭고 고단한 여정에 마침표를 찍었다.

서씨는 마을에서 상여가를 부르는 유일한 존재였다. 상여가 뿐만 아니라 초혼을 부르고, 시신을 염하고, 회다짐 때 달구지도 그의 차지였다.

지금도 눈감으면 그분이 부르던 만가가 들려오는 듯싶다.

"인제 가면 언제 오나 병풍에 그린 닭이 홰를 치면 올라나 삶은 팥에 싹이 트면 올라나 북망산 가는 길은 멀고 멀어."

이승 건너 피안으로 가면 다시는 못오는 사람. 떠나는 자의 넋을 위로하고자 병풍 속의 닭이 울고, 삶은 팥에 싹이 트면 돌아올지 모른다고 했던 것이다. 그런데 정작 죽음을 허여(許與)이 수락하고 떠나는 노인의 장례식에 상여가를 불러 줄 사람이 없어 걱정들이다.

방초길로 경운기를 몰고가던 초로인생이 '세우사풍(細雨斜風)' 저문 날에 초목으로 울을 삼고자 귀향한다는데, 그 누가 만가를 불러줄 것이며, 그 누가 '차궁굴 내리궁글' 울어 줄라나.

(2002년 2월)

春梅

나는 아버지의 얼굴을 모른다. 한번도 본 기억이 없기 때문이다. 그러나 그분에 대해 많은 것을 알고 있다. 키가 훌쩍 크고 말수가 적으며 고집이 세다는 것을.

그뿐이 아니다. 아버지는 길을 걷다가 소낙비를 만나도 결코 남의 집 추녀 밑으로 들어가 비를 피한다거나 걸음을 서두르지 않았다고 한다. 그리고 시와 그림을 좋아하였으며 그 중에서도 달빛 아래서 매화를 즐겨 그렸다는 이야기를 늘 어머니에게서 들어왔다.

오늘은 봄비가 내린다. 입춘이 지나고 처음으로 내리는 비다. 바람조차 잠든 저녁답. 이슬비에 함초롬히 젖은 가로등 불빛이 퍽이나 환상적이다.

지금쯤, 고향집 동편 화단에 매화나무는 한창 꽃망울을 키우고 있을 것이다. 삼동의 매운 바람을 이기고 온누리에 첫봄을 알리는 꽃, 매화의 그윽한 향기가 그립다.

매화가 피면 어머니는 제일 먼저 딸에게 꽃소식을 전해 준다. 그분은 오랜 세월 동안 외로운 혼을 만나 영원을 이루듯 매화를 가꾸어 왔다. 입춘이 지난 봄비 끝에 매화가 피기 시작하면 어머니는 하루에도 몇 번씩 장지문을 열어 보신다. 한 해의 새 출발을 알리는 전령의 꽃송이가 해묵은 가지 사이로 하얗게 피어나는 것을 완상하는 어머니에게선 아직도 여인의 매운 기개가 남아 있다. 팔순을 넘긴 노인답지 않게 흐트러지지 않은 몸가짐이며, 모시올 같은 머리를 단정하게 빗어 쪽진 모습이며 굽지 않은 반듯한 어깨선이 그러하다.

"무정한 사람, 무슨 역마살이 끼어 그렇게도 떠돌다 갔담, 쪽박에 밤톨 같은 어린것들만 두고……."

어린 시절, 어머니가 바느질하며 혼자 되뇌이던 말씀이다. 쪽박의 밤톨이란 말을 알아듣지 못했던 나는 어머니의 그런 푸념을 귓등으로 흘려 버리곤 했었다.

그러나 세월이 흘러간 지금은, 어머니가 탄식하듯 내뱉던 그 말이 가슴 아프게 되살아난다. 아버지가 돌아가실 때의 서른넷이던 어머니의 나이보다 열세 살을 더 먹고 나서야 정말 아버지는 무정한 사람이라는 것을 알게 되어서다. 50대의 딸이 노랗게 빛바랜 사진첩에서 삼십대의 젊은 아버지를 대하면 아직도 바람부는 벌판을 혼자 걷고 있는 것 같다.

옛말에, 아버지를 일찍 여의면 평생 외롭고, 어머니를 일찍 여의면 평생 슬프다고 했다. 유년시절, 명절날 아침이면 쪽박의 밤톨끼리 차례를 지냈다. 아버지 사진을 내다 놓고 서투른 글씨로 큰오빠가 지방을 썼다. 고사리손으로 잔을 올리는 우리들 등 뒤에서 어머니는 행주치마로 눈물을 닦곤 하였다. 이렇듯 아버지가 계시지 않는다는 사실은 언제나 적연한 곳으로 우리들끼리만 밀려나온 듯 외롭고 쓸쓸하였다.

아버지가 집을 나간 것은 일제시대에 창씨개명 문제로 직장에서 해고당하고부터였다. 타고난 성품이 대쪽같던 아버지는 그 일을 기회로 방랑객이 되었다. 한번 집을 나가면 5년 이상 해를 넘겼다는데, 어쩌다 집에 오셔도 고작 삼사 일 머물면 다시 길을 떠났다고 한다. 우리 삼남매의 터울이 6, 7년씩 뜬 것은 어머니가 몇 년에 한 번씩 하늘을 보고 별을 땄기 때문이다. 여인이 수태할 때가 되면 동경 간 서방님도 돌아온다는 말이 있다. 아버지도 그런 삼신의 조화였는지 중국 상해에서, 때로는 만주 하얼빈에서 소리소문 없이 돌아와 우리 삼남매가 세상에 태어나는 인연을 만들어 주었던 것이다.

어머니는 임신중독증에 걸려 나를 낳을 때 산고가 컸다고 한다. 아이를 낳고도 산모의 건강이 쉽게 회복될 것 같지 않아서 아버지께 전보를 치자 아이가 태어난 지 일주일이 되던 날, 매화나무 한 그루를 손에 들고 돌아와 동편 화단에 매화를 심어 놓고 어머니에게 매화처럼 성정이 맑고 고운 딸로 키우자고 하시더란다. 위로 아들 형제를 두고 얻은 딸이라 아버지의 기쁨은 대단했던 모양이다. 강보에 싸인 아기를 자주 안아 주었으며, 길 떠나기 전날 밤에는 지필묵을 꺼내다 묵매 한 폭을 그리고 "梅以令而花 其品潔"이라는 시구를 써서 어머니께 주었다고 한다. 어쩌면 아버지는 당신의 죽음을 예감하고 있었는지 모른다. 그러지 않고서야 이처럼 뜻깊은 글귀를 화폭에 담아 몸조리를 하고 있는 아내에게 주고 갈 수 있었겠는가.

아버지는 다음 해, 해방을 사흘 앞두고 객지에서 얻은 돌림병으로 '만주 길림성 부여현 부여가 동문외구'에서 서른여섯 나이에 영원한 불귀(不歸)의 길손이 되셨다. 암울한 시대에 항상 높은 이상과 절대의 자유를 지향하셨던 그분은 가족들이 찾아갈 무덤마저도 이국 땅에 두고 가셨던 것이다. 내가 태어난 지 열 달밖에 안되었을 때라니 나도 아버지와의 인연이 어지간하게 박복한 사람이다.

창밖에는 여전히 봄비가 소근거린다. 문풍지 바람에도 피가 잦아들던 내 젊음의 뜰에 늘 어두운 그림자로 서성이던 아버지.

매화꽃으로 다시 환생하는 그분의 고혼(孤魂)이 실려서 오는 걸까, 거미줄 같은 세우(細雨)가 시린 음계로 가슴을 적신다.

(1992년 3월)

동량역에서

철길 건너편으론 남한강이 흐르고, 밤이면 외꽃 같은 별이 지붕 위로 돋는 언덕 위의 작은 역사는, 노상 시간이 정지되어 버린 것처럼 고즈넉하다. 마음 기슭에 바람이 일면 나는 이 고즈넉한 산골 간이역을 찾는다. 마치 결삭은 친구를 찾아가듯, 스웨터 차림으로 집을 나서 오는 것이다.

차로 저수지를 지나 산굽이를 돌고, 미루나무가 전설처럼 서 있는 신작로를 따라 이곳으로 오면, 생의 어느 한 지점에서 떠났다가 다시 돌아온 듯 눈에 들어오는 풍경이 정답게 느껴진다. 그럴 땐 노천 플랫폼으로 나가선 멈추지도 않고 쏜살같이 지나가는 기차를 바라본다. 그런 순간에는 삶의 속도에 떠밀려 나도 저 기차처럼 멈춰야 할 지점에서 그냥 지나쳐 온 생의 간이역이 얼마나 될까, 기억의 갈피를 뒤적여 보면 윤곽도 희미하게 지워졌던 모습 하나가 떠오르곤 한다. 사랑한다는 이유만으로 살아 있는 모든 것들에게 의미를 부여하던 시절도 그렇게 지나 갔을 터이다. 기차가 레일의 덫에서 풀려나지 못하고 달려가듯, 삶의 궤도에서 막무가내 떠밀려 예까지 오는 동안 까마득히 잊혀졌던 그 사람이, 이제와 불현듯 생각나는 것은 시간의 불가역성 때문일 것이다. 아니 책임감, 당위성 등을 내세워 속도의 대열에 더 이상 동참할 수 없게 된, 사소한 일상의 권태와 무위(無爲)가 서글퍼서요, 몸피가 잦아지는 비애를 잠시 잊고 싶어서일 게다.

시간의 불가역성(不可逆成), 무위, 야위어 잦아지는 육신의 비애, 이런 복합적인 요소들을 비집고 다가오는 사람.

60년대는 젊은이들에게 혼돈으로 얼룩진 지난한 시대였다. 혁명이란 거센 물결이 나라안을 휩쓸었고, 새로 들어선 정권은 어찌나 서슬이 푸르렀는지, 과잉된 충성과 명령을 요구하는 시대의 벽 앞에서 잉걸불처럼 이글거리는 열정을 절제하느라 저마다 주리가 뒤틀렸다. 폭음과 방황을 출구를 삼았던 그의 바지 주머니에는 니체의 『오 고독이여』와 까뮈의 『이방인』을 부적처럼 넣고 다녔다 『이방인』의 주인공 뫼르소처럼 신경의 극단까지 치미는 격정의 혼미스러움을 이겨내려고 전력투구하듯 거리로 나돌았고, 나는 병상에서 외로움에 몸을 떨었다. 외로움의 깊은 침전에서, 스스로를 위로하기 위한 하나의 전략으로 클래식 음악에 빠져들었다. 슈베르트의 「겨울 나그네」와, 폐부를 후벼파는 듯한 차이콥스키의 「바이올린 협주곡」을 들으며 자신을 추슬렀다. 막다른 골목에선 슬픔도 힘이 되었고, 울음은 차라리 카타르시스였다.

말을 잊고 살았다. 마치 입에 자물쇠를 잠근 듯, 침묵으로 일관하였다. 그 시기에 덧불을 지르듯 그는 기차를 타고 논산훈련소로 갔다. 신록이 눈부시게 빛나던 5월이었다. 입대하기 전날 밤, 두피가 파랗게 드러나도록 머리를 깎고는, 상수리나무가 울창한 고갯마루로 나를 불러내었다. 그리곤 할아버지가 대학갈 때 사주었다는 파카 만년필을 걷잡을 수 없이 떨리는 손을 끌어다 쥐어 주고는 성큼성큼 어두운 상수리나무 그늘 속으로 걸어갔다. 발자국 소리가 멀어지는가 싶었는데, 돌연 휙 돌아서서 큰소리로 말하였다.

"낼 기차 타고 간다. 울지 말고 약 잘 챙겨 먹어."

그가 기차를 타고 갈 시간에 나는 산 위에 올라가 있었다. 멀리 기차역이 아스라이 눈에 들어오는 높은 산정 바위에 옹크리고 앉아서 기차를 타고 논산훈련소로 가고 있을 모습만 그려보고 있었다. 가끔씩 바람이 달려와 옷자락에 매달리는 산정에서, 종일토록 내 손등은 젖고 젖었건만, 그에게서 받은 파카 만년필로 두 번밖에 편지를 보내지 않았다. 맨발로 사금파리를 딛는 것과 같이 쓰라려도 결연히 보내야 했다. 제 자품만큼 살기 위해 보내놓고 오랜 나날 그가 불러주던 휘파람 소리와, 코스모스 꽃길에서 들려주던 풍백의 구성진 울음과, 기차역으로 나가지 못했던 회한에 갇혀 지냈다.

열차가 기적을 울리며 산굽이를 돌아온다. 객실 여섯 칸을 달고 서울로 올라가는 마지막 열차이건만 내리는 이도, 별리의 안타까운 손짓도 없다. 1분간 정차했다가 역무원이 흔드는 빨간 깃발을 뒤로 찰그락 찰그락 두 개의 녹슨 철로를 따라 측백나무 울타리를 지나고, 애기똥꽃이 하롱하롱 핀 언덕 저편으로 멀어져 마침내 하나의 소실점으로 사라진다.

어느새 땅거미가 산그늘을 지우고, 역사에도 불이 들어왔다. 이제 그만 개짖는 마을로 돌아갈 때가 되었다.

(2004년 5월)

3.
未完의 집

숨은 촉

아침부터 굴착기가 들어와 다리 밑에 쌓인 흙을 퍼 올리고 있다. 70년대 초에 새마을 사업으로 놓였던 다리를 헐어내고 다시 놓은 다리를 정비하는 작업이 한창이다. 열 푼짜리 굿판에 떡값이 일곱 푼 격이었던 구시대의 유물이 사라지고, 철근을 촘촘히 박아가며 새로운 공법으로 소 잃기 전에 외양간 먼저 고쳐놓기 위해 벌린 공사가 시공한 지 한 달 만에 완공을 보게 되었다.

지난 여름 장마는 끔찍한 재난이었다. 일주일 동안 내리퍼붓는 물벼락으로 곳곳에서 사람들은 목숨을 잃었고, 수천만 평의 농지와 수십 채의 가옥이 토사에 묻혔다. 폭탄이 떨어진 자리처럼 폐허로 변해버린 수마의 상처는 전쟁의 상흔을 연상케 하였다. 그래도 오지마을인 이곳은 몇 군데의 산사태가 난 것과, 범람하는 물살로 약간의 농지만 유실되었다.

하지만 언제 또 물벼락이 떨어질지 몰라서 마을 사람들은 마른 번개만 쳐도 어마지두 겁을 먹었다. 만일 양달말과 음달말을 잇는 다리로 골짜기에서 불어난 물이 넘치기만 하면, 다리 아래에 있는 전답은 속수무책 흔적도 없이 쓸려버리고 말 터였다. 마을회관이나 그 다리는 새마을 사업이란 요란한 변죽의 울림으로 세운 것이어서 허울만 멀쩡했지 부실하기는 흥부네 집 울타리만도 못했다.

해서 이번 참에 변죽만 요란했던 구시대의 유물을 헐어내야 한다고 각단지게 맘먹고 나선 이가 마을 이장을 맡고 있는 남편이다. 소 잃기 전에 외양간을 먼저 고치려면 관의 눈치나 보며 부지하세월 묵새길 일이 아니었기 때문이다. 면사무소 문턱이 닿도록 쫓아다닌 끝에 수해 복구 작업으로 특별예산을 받아냈다.

먼저 굴착기가 들어와 낡은 다리를 시원스럽게 깨부수고, 개울바닥을 파헤쳐 물배를 잡아 주었다. 곧바로 다리를 놓는 작업이 시작되었다. 가판을 짜고 철근을 자르고 엮던 날은 첫추위가 대단했다. 수은주의 눈금이 영하 10도로 곤두박질 쳤으니 목덜미를 타고 들어오는 한기가 슬골까지 파고들었다. 명색이 이장댁이다 보니 망치질 소리와 철근을 자르는 금속성의 파열음을 귓등으로 흘려 버릴 수가 없었다. 라면과 커피를 끓여 놓고 집으로 불러들였다. 식탁 앞에 앉은 인부들의 언 손과 마른 입술을 보자 문득 가칠장이들 모습이 떠올랐다.

오래 전, 덕주사에서 대웅전을 짓고 있을 때였다. 단청 올리는 것을 구경하고 있었는데, 아슬하게 높은 작업대 반자 위에서 대들보며 서까래며 공포를 걸레로 문지

르고 부레풀을 칠하던 가칠장이들 입술도 허옇게 소금쩍
이 앉았고 손은 오리발이었다. 오리발처럼 발갛게 언 손
에 부레와 정분(白土)을 들고 낮은 곳은 쪼그리고, 높은
곳은 까치발로 매달려 가면서 어느 한 모서리도 빼놓을
새라 요리조리 살펴가며 손을 놀리고 있었다. 그네들의
엽렵한 손길이 거쳐가야만 나무가 마르면서 벌어진 틈과
옹이가 감추어지고, 채색이 곱게 먹는다. 금어들이 붓을
들고 기둥에 머리초를 올리거나, 천장에 비선문 당초문
연화문을 환하게 피어 놓는 것도 초장에 가칠장이들이
나뭇결을 매끈하게 다듬어 놓았기 때문이다.

  그 날 돌아오는 차 안에서 '숨은 촉'의 의미를 되뇌었
던 것은, 곱은 손으로 가칠을 하고 있는 대웅전 어딘가에
분명 촉이 끼워져 있을 것이란 생각이 들어서였다. 목조
건물에는 못을 쓰지 않고 일일이 홈을 파고 끼워맞추는
대신, 간혹 모서리를 돌리거나 대들보를 받치는 기둥머
리 한 부분에 짬이 생기게 되면 그 짬에 맞게 촉을 깎아
지른다. 곁에선 잘 보이지 않으나 건물의 균형을 잡아주
는 데는 없어선 안될 절대의 가치를 지닌 쐐기다.

  남대문 보수공사 때의 일화다. 건물을 해체하려고 모
였으나 어디서부터 손을 대야할지 막연했다. 일을 맡은
대목은 종일토록 건물을 살피며 돌다가, 마침내 '여기'라고
가리킨 곳은 '촉'을 끼운 곳이었다. 그 곳을 시점으로 목
재를 하나씩 들어내면서 일련의 번호를 매겨 나갔다. 보
수공사를 끝낼 때에도 그 자리에 다시 촉을 질러두었다.

목공의 귀재는 새를 깎아 하늘에 띄운다고 한다. 어떤 이는 그 새를 통해 하늘과의 통신을, 어떤 이는 접신(接神)을 꿈꿀 것이다. 하지만 우리에게 실질적으로 도움을 주는 사람은 부서진 다리를 놓기 위해 가판을 짜는 도편수들이거나, 단청을 올리기 위해 정분을 바르고 문지르는 가칠장이다. 서까래 같고 대들보 같은 사람들의 위세에 가려 있지만 이들이야말로 '숨은 촉' 같은 존재들이다. 그들이 아니고서야 누가 슬골까지 파고드는 냉기 속에서 철근을 자르고 엮을 것이며 가판을 짜서 다리막을 세우겠는가.

올해에는, 제 위세만 믿고 경우 없이 거들먹거리는 잘난 인사들이 물러나고, 추위에 애쓴다고 인사를 건네도 소이부답(笑而不答)인 이네들이 제대로 대접좀 받으며 살 수 있는 그런 세상이 되었으면 좋겠다.

(2002년 12월)

未完의 집

산촌에서 살면 말벗이 그립다. 거실을 화랑으로 꾸민 것은 말벗에 대한 그리움을 잊기 위해서다. 빈 벽이 없어 다소 협소해 보이기는 해도, 소장품 태반이 작가들에게 직접 선물로 받은 것이어서 애정 어린 눈길로 바라보게 된다. 자신의 혈점이나 다름없는 작품을 선선히 내준 것도 고맙고, 작품에서 슬몃 풍겨나오는 개개인의 개성과 예술성 내지는 비장미(悲壯美)를 통해, 그들의 정신세계를 이해하게 된다.

특히 작품에서 느끼는 비장미라는 예(藝)를 이루기 위해 사제처럼 살아온 그들의 삶을 잘 알기 때문이다. 예술이란 제단 앞에 새로운 제물을 올리려는 신성한 갈증으로 완전한 몰입의 깊은 심연에서 그림을, 음악을, 서예를 닦아 바쳤다. 벽에 걸린 「金綱般若波羅蜜經」은 한 서예가의 몸으로 전사(轉寫)한 것이다. 십수 년을 사바에서 부처의 세계로 도달하려는 수도승처럼, 먹물 젖은 손끝에 전신의 기를 모으고, 한 자 한 자 예도(藝道)를 닦았다. 화가인들 아니 그럴까. 이젤을 마주하고, 켄트지에

심상의 형태를 표현하기 위해 칠하고 문지르는 작업으로 얼마나 육체를 혹사시켰겠는가. 온몸을 흥건히 적시는 땀의 결정체, 진액의 결정체에서 어찌 비장미를 느끼지 않을 수 있을 것인가.

한때 화랑을 운영해 보고 싶었다. 시간만 나면 전시장을 기웃거리거나 인사동 골목을 누비고 다녔다. 80년대 초에 그것도 지방에서 화랑을 운영한다는 것은 가당찮은 생심이었다. 돈 많은 사람들의 호사스러운 취미에 불과했을 때였으니 봉급쟁이 아낙으로선 맹랑한 꿈에 불과했다. 지금 생각해 보면 그런 당찮은 생심을 낸 것은 정신적인 허기에서 기인한 일종의 치기였다. 그래도 한때 그런 치기를 부리고 다닌 것이 동기가 되어 적잖은 작품을 수집할 수 있었다.

우리 집 거실에 있는 작품 중에서 눈길을 자주 보내는 것은 전축에 올라앉은 12호 크기의 「미완의 집」이다. 청주대학에 재직하고 있는 엄교수가 충북미전에 초대작품으로 출품했던 것인데 그는 그림을 들고 와선 한 마디 툭 던지고 갔다.

"두고 보면 괜찮을 겁니다."

비구상에 가까운 이 그림은 곡선이 없는 일자형으로 된 집이다. 집이라고는 하지만 벽의 절반을 지붕이 차지한 특이한 모습을 하고 있다. 집의 본바탕은 연회색과 흰색 유화를 섞어서 문질러 놓았다. 게다가 지붕의 중심에 오브제로 붙여 놓은 기억자 모양의 나무쪽은 진한 회색을 거칠게 덧발라 놓았다. 아무리 보아도 색채와 조형요소는 다 빼놓은 일종의 은유와 상징만으로 표현되어 벽에다 걸어 놓기에는 좀 난해한 듯 싶었다. 엄교수에게는 대단히 미안한 일이었지만 거실 바닥에 세워 놓는 것으로 대접해 주었다.

그 후로 이 그림은 있어도 없는 듯, 벽 밑에서 조용히 숨죽이고 지냈다. 그렇게 일년이 지나간 어느 날 아침이었다. 거실 바닥을 닦다가 그림 앞에서 지극히 절제된 선과, 단순한 색채 속에 숨어 있는 수많은 꿈과 이야기를 발견하게 되었다.

"아! 바로 이것이었구나."

그제서야 '두고 보면 괜찮을 것이라'던 엄교수의 말이 떠올랐다. 그 날로 나는 '미완의 집'이라고 화제를 달아 놓고, 곧바로 전축 위로 올려놓았다. 그 자리는 거실의 중심이라 현관에 들어서면 정면으로 보이는 특석이었다. 청빈한 당상관이 하루아침에 대사헌이 되는 파격적인 출세였다.

날이 갈수록 그림이 좋아지기 시작했다. 짓다가 만 허전한 공간에다 먼저 어떤 모양의 집을 지을 것인가를 구상해 보았다. 시원하게 트인 일자형에다 지붕이 서원처럼 진중하게 내려앉았으니 아무래도 한옥이 잘 어울릴 것 같았다. 심심하면 그림 앞에 앉아서 수수깡을 빗살로 엮어 벽을 만들고, 작두로 짚을 잘게 썰어 황토에 섞어 성근 벽을 메워나갔다. 지붕은 기와보다는 이엉을 엮어 없으면 둥근 모양이 더 아늑할 것 같았고, 마루는 송진내 나는 적송을 켜서 깔면 쾌적할 듯 싶었다. 문은 미닫이로 달고 덧문의 창살은 정자(井字)로 짜서 달기로 했다. 그림을 놓고 상상으로 집 한 채를 짓다 보니, 마음 밑자리에 내재되어 있던 정서의 본질이 고개를 들었다. 흙에 대한 향수, 포근하고 아늑한 울림이 나를 흔들기 시작했다.

그로부터 수시로 자연으로 돌아가야 한다는 생각에 사로잡혔다. 노상 남의 집 문간방에 세들어 사는 것 같던 도시 생활이 답답하게 느껴졌다. 글을 쓰는 것으로 채우던 정신의 허기가 다시 도졌고, 우울증과 불면증에 시달려 지병인 섬유조직염이 날로 악화되었다. 흙으로 돌아가야만 몸도 마음도 치유될 것 같아 산촌으로 들어갈 계획을 서둘렀다. 이곳 저곳을 물색하다가 친정 조카의 안내를 받고 찾아온 곳은, 산의 등고선이 첩첩 주름잡힌 두메였다. 두메산골로 들어온 후로는 헛헛증도 사라지고 늘 포만감으로 혼곤하다. '미완의 집'도 비로소 다시 미완인 채로 비워 두게 되었다.

요즈음은 본연(本然)으로 돌아간 '미완의 집'을 보면서 「밀로의 비너스」를 생각해 보곤 한다. 탄력 있는 골반에 아슬아슬하게 걸쳐진 옷자락. 그 부끄러움을 거두어 올릴 팔이 있었다면 여신의 천성(天性)을 지킬 수 없었을 것이다. 터질 듯한 젖가슴과 잘 익은 포도알 같은 젖꼭지, 아늑한 동굴을 연상시키는 깊은 배꼽과, 약간 비틀린 관능적인 몸매를 지니고도 여신으로 승화될 수 있었던 것은 팔을 잃어서였을 것이다. 어느 시인의 말처럼 "팔이란 욕심을 심부름하는 원죄에 속한 것"이질 않던가.

「밀로의 비너스」가 원죄를 심부름하는 팔을 제거한 것은 작가의 의도가 아니다. 밀로의 섬에서 비너스가 발견되었을 당시에 이미 팔이 부러져 나가고 없었다 한다. 팔을 훼손당하므로, 사랑하고 번민하고 출산의 고통을 겪어야 하는 여성성을 뛰어넘을 수 있었던 것이다. 이 플러스적인 사고로 인하여 「밀로의 비너스」는 미술계에 혁신을 일으키는 기회를 만들었다. 과감하게 아틀리에로 진출한 비너스는 수많은 화가들의 붓과 조각도와 끌을 통해서 성에 대한 본질을 초월한 더 아름다운 여신이 되었다. 미술사를 발전시키는데 지대한 공헌을 남긴 「밀로의 비너스」는 앞으로도 계속하여 데생의 모델로 그 자리를 고수할 것이다.

거실에 있는 저 「미완의 집」이 아니었다면, 나는 아직도 회색빛 도시에서 창백한 얼굴로 살고 있었을 것이다. 밀로의 비너스가 팔을 제거함으로 신화의 원형을 지킬 수 있었듯, 은유와 상징만으로 표현한 한 화가의 절제성을 통해 나는 자연으로 회귀할 수 있었다. '未完'은 이렇게 완성보다 더 많은 것을 깨닫게 한다. 앞으로 집수리를 하게 되면 벽에 걸린 그림들을 모두 떼어 낼 생각이다. 이제는 산창을 흔들고 가는 바람 소리 만으로도 고적함을 달래기에 충분하다.

(2003년 첫여름에)

환이

　일곱 살 난 환이는 엄마를 따라 시골에 왔다. 레이스
가 달린 흰 블라우스와 어깨까지 끈이 달린 회색 스커트
로 제법 멋을 내고 왔다.

　환이는 마당가에 쌓여 있는 흰 모래더미가 좋은 모양
이다. 두 손으로 모래를 한오큼 집었다가 손을 펴면 손가
락 사이로 사르르 빠져나가는 것을 재미있어 한다. 같은
동작을 자꾸만 되풀이하더니 이번에는 흙을 끌어내려 쥐
고만 손으로 토닥토닥 두꺼비집을 짓는다. 내가 곁으로
다가가 노래를 불러준다.

　"두껍아 두껍아 네 집 지어 줄 게 내 집 지어다오."

　아이는 하얀 이를 드러내며 깔깔거린다. 따가운 봄볕
이 낮은 콧잔등에 내려와 땀방울을 송송 맺혀 놓고, 모래
알도 붙여 놓았다. 모래알을 콧잔등에 달고 방금 전에 내
가 불러준 두꺼비 노래를 저 혼자 부른다.

　"두껍아 두껍아 네 집 지어 줄게 내 집 지어다오." 마
당가 개집에선 6개월 된 진돗개가 밖으로 나오고 싶어
앞발을 번쩍 들고 제집 문에 매달려 보다가 숫제 끙끙 앓

는 소리를 낸다. 녀석이 우리 집에 온 지 반 년 만에 이렇게 어린 소녀를 본 것은 처음이다. 소녀와 함께 모래더미에서 뒹굴고 싶은데 주인이 문을 열어주지 않는 것을 야속해 한다.

이제 환이는 모래더미가 싫어진 모양이다. 모래를 털고 냉이꽃 두 송이를 꺾어들고 개집으로 다가가선 꽃을 넣어주지만 녀석은 벌써 그것이 먹이가 아니라는 것을 알아차리고 쬐그만 손이라도 한번 핥아보고 싶어 고개를 갸웃거리며 애교를 부린다. 아이에게 손바닥을 창살에 한 번만 대보라고 일러주자 손가락을 단풍잎처럼 펴고 조심스럽게 내민다. 녀석은 반갑다고 혀로 보드라운 손바닥을 핥는다. 아이는 간지럽다고 또 하얀 이를 드러내고 까르르 웃는다. 그 해맑은 웃음이 배밭머리를 돌아 여울에 섞인다.

점심을 먹고 난 후에 아이의 손을 잡고 집을 나섰다. 노란 애기똥꽃이 흐드러지게 핀 길섶을 지나고, 작은 개울을 건너고, 두충나무 밑을 돌아 조팝꽃이 터널을 이룬 산길로 접어들었다.

아마 환이는 세상에 태어나 이렇게 많은 꽃을 본 적이 없을 것이다. 물론 엄마나 외할머니를 따라 어린이 대공원이나 용인에 있는 에버랜드에서 장미꽃 축제를 구경하였을 것이지만, 지금처럼 들꽃이 터널을 이룬 산길을 걸어보진 않았을 것이다.

그래서 눈에 보이는 것은 다 신기했으며, 알고 싶은

것도 많다. 저건 무슨 나무일까. 저 꽃은 뭐라고 부르나. 저 산에는 무엇이 살고 있을까. 끊임없이 질문을 해댄다. 우리는 서로 묻고 대답하며 걷는다. 걷다가 길섶에서 연보라색 너울을 쓰고 있는 제비꽃을 만났다. 우리는 꽃을 따들고 풀밭에 마주 앉아 줄기를 동그랗게 꼬부리어 꽃심에 박았다. 아주 작고 예쁘게 만들어진 꽃반지를 환이의 양쪽 장지에 끼워 주었다. 꽃반지를 낀 아이는 신기하고 좋아서 두 손을 높이 쳐들고 사뿐사뿐 내딛는 발걸음이 가볍다.

산길을 따라 한참 올라가면 화전을 일구고 살던 사람들의 집터가 있다. 사람들은 떠난 지 십수 년이나 지났는데도 그 사람들이 심어 놓고 간 복숭아와 자두나무는 해마다 봄이면 꽃을 피운다. 아이들의 주전부리감으로 심어 놓은 과실수는 저 혼자 봄을 맞으며 늙어가고 있다.

어디서 날아왔는가. 노랑나비 한 마리가 너울너울 춤을 추며 길라잡이 노릇을 한다. 아이는 유치원에서 배운 노래를 부르며 나비를 따라 깡충깡충 뛰어간다.

"나비야 나비야 이리 날아오너라 노랑나비 흰나비……."

발자국을 떼어놓을 적마다 집에서 나올 때 엄마가 공들여 따준 갈래머리가 달랑거린다.

저 애는 아직 삶에 대해 아무 것도 모른다. 두려움과 시련과 희망과 오랜 기다림과, 누구나 한번은 치르고 넘어가는 홍역 같은 사랑과 그리움, 또는 미움, 원망 등으로 점철된 생의 본질을 알지 못한다. 고작 속이 상한다는 것이 아침에 엄마가 따준 머리모양이 제 마음에 들지 않는다든가, 먹기 싫은 밥을 억지로 먹여주는 것이다. 반대로 기쁨이란 유치원 선생님께서 숙제를 잘했다고 칭찬을 해주거나, 제 짝꿍인 남자 친구가 저와 잘 놀아주는 일이다. 그리고 집에 돌아와선 유치원에서 배운 대로 신발을 벗어 가지런히 놓을 때나, 아침저녁으로 이를 닦거나, 사물함에 장난감과 옷을 잘 정리하고 침대에 누우면 아빠와 엄마가 다가와 볼에 뽀뽀를 해주는 것 등이다.

노래를 부르며 앞서가던 아이가 어느새 장다리 꽃밭 속으로 숨었다. 아니 숨은 것이 아니라 키가 작아 꽃 속에 묻혀버렸다. 저 봄풀 같은 아이를 보면서 나는 생각한다. 누구나 한 번은 봄꽃 같고, 봄풀 같았던 시절이 있었다. 마치 노랗게 변해버린 흑백사진처럼, 아련한 시절을 기억하는 것은 매번 가슴이 설렌다. 환이도 자라면서 가끔은 꽃반지를 끼고 장다리 밭이랑으로 뛰어가던 제 모습을 그리워하게 되리라.

장끼 한 마리가 푸드득 묵은 갈대밭에서 솟아오른다. 깜짝 놀라 장다리 꽃밭 속에서 달려나와 "저것 좀 봐요. 큰 새가 날아가고 있어요" 외치는 환이 입술에서 노란 꽃향기가 하르르 쏟아진다.

(2001년 5월)

우리를 슬프게 하는 것들

　비가 내렸다. 장대 같은 빗줄기가 잠시 멈추는가 싶었
는데 이번에는 일본 오끼나와를 거쳐온 태풍이 기세 등
등하게 한반도를 휩쓸었다. 도처에서 물난리로 아우성이
다. 큰댁에서는 산수골 밭이 산사태로 반 이상 토사에 묻
히고, 친정에서도 논 서너 마지기가 개천이 범람하는 통
에 벼이삭이 흠싹 흙물을 뒤집어쓴 채 쓰러졌으며, 과수
원에는 탄저병이 번지기 시작했다는 소식에 가슴이 철렁
내려앉는다.

　빗밑이 든 일요일 아침, 서둘러 남편은 큰댁으로, 나
는 친정으로 걸음을 놓았다. 서로가 시간을 아낀다고 한
짓이 제 살붙이 가까운 쪽으로 공평하게 나누어 가게 된
셈이 되었다.

　한나절만에 큰오빠네 집에 도착해 보니 침수된 논은
둘째였다. 일손이 모자라 미처 따지 못한 고추가 물을 켜
죄다 곯아 떨어졌고, 부러진 가지들은 된서리 맞은 듯 널
브러져 있었다.

　칠십 평생 오로지 땅만을 신앙처럼 믿고 살아온 오빠

는 해마다 가뭄이 들면 가뭄으로, 장마가 지면 장마로 수난을 겪으면서도 그 땅에서 벗어나지 못한 붙박이 농사꾼이다. 부러진 고추대궁을 잘라내고 쓰러진 포기마다 지주목을 대고, 비닐 끈으로 줄을 매는 오빠의 땀절은 옷소매와 굽은 등이 나를 몹시 우울하게 하였다.

　그날 누군가 나에게 안톤 슈낙처럼 「우리를 슬프게 하는 것들」을 쓰라고 했다면, 태풍이 휩쓸고 간 과수원에서 떨어진 과일을 바라보는 늙은 농부의 암담한 표정이 우리를 슬프게 하고, 산사태로 가족들이 압사당했다는 비보를 듣고 공장 근로자로 일하다가 황망히 달려온 앳된 아가씨의 얼굴이 우리를 슬프게 하고, 오래된 고가에서 혼자 살고 있는 여인의 쓸쓸한 모습이 지창에 어릴 때, 또한 자이르 정부의 압력에 쫓겨가는 르완다 소녀의 겁에 질린 눈동자와, 그 신문 뒷면에 1천만 원을 호가하는 밍크 코트를 입은 모델의 미소와, 밤 깊은 골목길에서 갈지자로 걸어가면서 '왜 사는 것이 밤낮 이 꼴이냐며 괜스레 목청 돋구는 어느 가장의 혀꼬부라진 독백이 우리를 슬프게 했노라고 썼을 것이다.

(1993년 9월)

林下婦人

꽃 한 송이, 풀 한 포기에도 상징적인 의미를 부여하면 그 격이 달라진다.

누가 한낱 식물의 열매를 놓고 '임하부인(林下夫人)'이란 귀족스러운 칭호로 신분을 상승시켜 주었을까.

자연을 관찰하는 안목이 남다른 사람은 생명 있는 모든 것들의 순리와 진지함과, 그에 어울리는 조화의 미(美)를 바로 볼 줄 안다. 때문에 자연의 실상과 아름다움을 다각적으로 대응시키는 감각이 뛰어나다. '임하부인'도 필시 감성이 예민하고 멋을 아는 감각파에게 지음 받은 것이 아닌가 싶다.

조선생도 그런 사람이다. 야생화의 잔잔한 아름다움에 반하여 30년간 카메라렌즈에 눈을 맞대고 살아오는 동안, 곤충들의 짝짓기를 영상으로 옮겨 놓는 일에 열정을 쏟았다.

이런 그가 느닷없이 찾아와 '임하부인'을 아느냐는 질문을 던졌을 때, 나는 도무지 감이 잡히질 않았다. 한자의 뜻을 풀어보면 '林下婦人'이란 숲을 내려다보는 여인

임을 짐작할 수 있었으나, 정작 숲을 내려다보는 여인의 실체가 떠오르지 않아서였다. 내가 어물거릴수록 말을 걸어온 상대 쪽에선 마치 새끼 고양이에게 탁구공을 던져 놓고 어떻게 놀 것인가 탐색하는 눈빛으로 대답을 기다리는 것이었다. 결국 답을 찾지 못해 난감해 하는 내 꼴을 보고서야 그는 문답식으로 '임하부인'이란 문제에 접근을 시도했다.

"당신 가을산에 가본 적 있어?"

"아주 깊은 골까지 들어가 보았지요."

"그럼 머루, 다래 으름도 보았겠군."

"보구말구요. 몸이 아파 여러 해 동안 산에서 살지 않았습니까. 그때 동자승을 따라 꽤나 낭섶을 오르내리며 머루 다래 으름까지 따보았는 걸요."

순간 제주의 자연을 주제로 그려온 강요배 씨의 그림 중, 유화로 그린 「수중부인(水中婦人)」과 으름이 익어 벌어진 속모양이 오버랩되었다.

'아, 그거였구나!'

강요배 씨의 「수중부인」은 해저 밑바닥에서 입을 벌린 전복이다. 영락없이 여인의 성기를 쏙 빼닮은 형상, 그럼에도 전혀 외설스러워 보이지 않았다.

조선생이 문답식으로 사진 보는 의식을 치르게 하고 내놓은 '임하부인'도 그러했다. 숲을 향해 끈끈한 수액으로 여인의 비밀스러운 곳을 노골적으로 드러내고 있으나 역시 조금도 유치하다는 생각이 들지 않았다. 하긴 지금도 노인들은 손주며느리가 여자아이를 낳으면 '조가비'를 보았다 하고, 사내아이는 '고추'를 달았다고 자연스럽게 말한다. '고추'도 '조가비'도 물론 성을 구별하는 것이지만, 비유의 대상이 자연물인 것을 보면, 사람은 자연과 공리적인 효용성을 맺고 있다기보다 불가분의 관계로 더 밀착되어 있음을 알 수가 있다. 아니 생명끼리의 원융(圓融)이라 하는 편이 더 옳을지도 모른다.

사실 인간의 두뇌로 발달한 과학의 힘은 원융의 조화를 파괴시키는 도구로 쓰인다. 오죽하면 "지구 위의 유일한 생산자는 식물이고, 동물은 완벽한 소비자며, 그 중에서도 최대의 소비자는 인간이라" 하였을까. 때문에 자연을 주제로 한 작품들은 늘 인간이 돌아가야 할 본향이 어딘가를 가슴 저릿하게 일깨워 준다.

이런 의미에서 조여사가 줄곧 찍어온 야생화와 곤충들의 짝짓기만 해도 그렇다. 너무 흔해서 대개의 사람들은 눈길 한번 제대로 보내지 않고 그냥 지나치므로 야생화가 지닌 어여쁨을 보지 못한다. 또 메뚜기나 잠자리, 무당벌레 같은 미물들도 종족보전을 위한 그들의 행위는 진지하지만, 사람들은 아주 사소하게 여긴다.

그러나 이런 사소한 것, 그냥 지나쳐 버리기 예사인 것들이 어느 날, 운 좋게 사진작가의 눈에 뜨이거나, 화가의 시선이 닿거나, 시인을 만나면 예술이란 명칭을 달고 새롭게 변신한다. 시인은 들에 핀 망초꽃을 '민중의 함성'이라고까지 확대하여 표현하지 않는가. 사진작가

역시 카메라렌즈에 들어오는 곤충들의 짝짓기나, 저들끼리 피고지는 들꽃을 다양한 기법으로 끌어들여 환상적인 영상예술로 승화시킨다. 보는 이에게 밝고 신선한 대기의 아름다움과, 생명의 경이로움을 새롭게 인식시켜주기 위해서다.

그러나 이렇게 시각의 전달을 받아 감각의 순수성을 촉진시키는 것들이 있는가 하면, '임하부인'이나, '수중부인'처럼 언어 이상의 의미를 가지고 있는 것들도 있다. 예술가들은 이래서 자연의 본질에 천착한다. 열린 공간, 동적인 공간, 흐르는 공간에서 순간순간 느끼는 것, 영감을 스치는 대상으로 하여 사고의 깊이를 더하고 아름다움을 통하여 삶의 질을 향상시키는 진실을 믿기 때문이다.

'임하부인'은 식물의 열매치고는 참으로 미학적이다. 개불알꽃이니, 홀아비꽃대, 중대가리, 도독놈갈구리, 송장풀, 반가지똥 따위의 짓궂기 짝이 없는 이름에 비하면 얼마나 격이 있는가.

올해도 늦가을, 깊고 깊은 산골짜기를 찾아가면 숲을 내려다보는 임하부인을 만날 수 있을 것이다. 살짝 벌어진 으름이라는 열매에서 여인의 깊은 속살, 그 은밀한 곳을 상상하면 언어가 지닌 힘과 그 속에 함축된 익살스러움에 멋이 한껏 느껴져 미소 짓지 않을 수 없을 것이다.

(1994년 11월)

가뭄

물고기들을 위한 연가.

윤사월 긴 해가 지고, 능선 위로 샛별이 돋는다. 어둠살이 짙어진 개울가로 나가 물 속을 들여다본다. 물소리가 끊긴 지 열흘이 지났다. 아니 석 달째 비 한 방울 내리지 않고 있어 물고기들은 작은 소(沼)에 몰려 복작거린다. 하루가 다르게 줄어드는 물의 양으로 보아 일주일 이내에 비가 오지 않으면 녀석들은 떼죽음을 당하게 생겼다. 이런 위급함은 물고기들만이 아니다. 농사를 생업으로 삼고 있는 농민들은 대지의 가쁜 숨결에 애가 마른다. 위세 등등하던 첨단과학도 자연과학도 생명공학도 이 가뭄 앞에선 속수무책이요, 무용지물(無用之物)이다. 문학도 철학도 종교도 이 가뭄 앞에선 허울 좋은 명분에 불과하다. 윗동네에선 식수마저 떨어져 이틀에 한 번씩 소방서에서 물탱크를 동원해 식수를 공급해 주고 있다.

사람의 몸 속에 저장되어 있는 수분의 함량은 75%나 된다. 이 수치가 떨어지면 열이 오른다. 응급조치로 식염수에 포도당을 첨가한 링거액을 정맥에 주입시킨다. 대지도 적절량의 수분을 저장하지 못하면 탈수 현상을 일으키게 마련이다. 90년 만에 든 최악의 가뭄에 심한 탈수 현상으로 온 산하가 타는 갈증을 풀지 못해 널브러지고 있다.

안산에 사는 김노인은 오늘도 거북이 등처럼 갈라진 논바닥을 들여다보고 한숨만 쉬다가 집으로 올라가셨다. 80고령에 시절이 좋아도 농사짓기가 어려울 판인데 뚝새풀마저 벌겋게 말라붙는 이 가뭄은 노인에게는 감당할 수 없는 '운명의 힘'인 것이다. 어두워지는 논둑에서 다리를 절며 걸어나오는 김노인의 굽은 등을 안쓰럽게 지켜보다가 문득 영화 「마농의 샘」에 나오던 '장'의 모습이 떠올랐다.

영화 「마농의 샘」의 주인공인 장은 곱추다. 신체적인 장애에도 불구하고 음악과 문학에도 상당한 수준의 실력을 지닌 지성인이다. 그가 아내와 어린 딸 '마농'을 데리고 상속받은 토지를 찾아 프랑스 남쪽 지방인 '프로방스'로 내려간다. 산의 중간지대에 있는 농장에서 '과학적 농업'을 꿈꾸며 토끼도 기르고 카네이션과 호박과 토마토를 재배하면서 행복한 날을 보낸다. 하지만 가뭄이 들어 장은 곱추인 등에 물지게를 지고 멀리 떨어진 산밑까지 내려가 물을 길어 온다. 그러나 욕심 많은 '세자르'가 샘을 막는다. 물이 떨어진 농장은 지금 김노인의 논바닥처럼 바싹 말라 애써 지은 농작물은 한낱 마른풀로 변한다. 실의에 빠진 장은 어느 날, 마른 번개와 천둥소리만 요란한 하늘을 향해 두 팔을 벌리고 절규한다.

"난 곱추예요. 이렇게 사는 게 쉬운 줄 알아요? 이 가뭄에 열풍까지 몰아치고. 하느님 비를, 오 비를 내려 주십시오."

그러나 비는 끝내 내리지 않고 '장'은 샘을 파다가 죽는다. 행복하게 살려고 찾아온 땅에서 비참하게 생을 마감한 장의 절규가 새삼 가슴에 와닿는다. 다리를 절며 하루에도 몇 번씩 뚝새풀마저 말라버린 논바닥을 들여다보는 김노인의 심정도 그러하려니 싶어서다.

"다리 저는 이 늙은이가 보이지도 않소?"

불덩이 같은 해를 향해 한바탕 몽니라도 떨어보고 싶은 울화가 중치를 막고 있을지도 모른다는 생각에 눈시울이 뜨거워진다.

지금 개울에 있는 물고기들도 불원간 떼죽음을 당하게 생겼다. 계곡에서 흘러내리는 물줄기에 너도나도 비닐호수를 들이댄 탓이다. 전답마다 얼기설기 쳐 놓은 비닐호수가 중환자 몸에 주렁주렁 달아 놓은 의료기구와 다를 바 없건만, 들어가는 물은 어린애 오줌줄기만도 못하다. 증발하는 수분이 곱절이나 되니, 품앗이로 근근히 심어놓은 고추가 건사(乾死)하기 직전이다.

동네에 냇물이 이처럼 바닥을 드러낸 적은 이번이 처음이라고 한다. 여기가 탯자리인 노인회장님 말씀에 따르면 이런 변고가 일어난 것은 80평생을 살아오는 동안한 번도 본 적이 없었단다. 산의 등고선이 치마 주름처럼 첩첩 포개져 있으니 수원이 마를 턱이 없었던 것이다. 양쪽 골짜기에서 내려가는 물이 얼마나 풍부하였으면 협곡을 막아 저수지를 만들었을까. 자그마치 둘레가 6km나 되는 저수지에 노상 산영이 잠길 수 있는 것은 순전히 수랫골에서 내려가는 물의 양이 그만큼 풍족해서다. 수랫골이란 지명이 하루아침에 주동(酒洞)으로 둔갑을 한 것은, 담당서기의 불찰로 그리된 것이다. 일제 때 모든 지명을 한문으로 표기하는 과정에서 물 수(水) 자를 '술'자로 잘못 알아들은 탓으로 '酒洞'으로 둔갑을 시켜 놓았지만 여전히 사람들은 주동이 아닌 '수랫골'이래야 쉽게 알아듣는다.

이렇게 쉬임 없이 흐르는 수랫골 냇물은 일급수에 해당된다. 저수지 보호구역으로 지정되어 음식점이나 공장, 축사에서 나오는 오물을 막기 위해 법적으로 통제하고 있어서다. 때문에 모래무지와 송사리는 물론 밀어와 빙어까지 적잖이 살고 있다. 이런 것들이 개울물이 줄어들자 일없는 도시 사람들이 몰려와 두어 축 훑어다 매운탕을 끓여 먹었다. 운 좋게 살아 남은 녀석들이 장마 때 수해를 막기 위해 만들어 놓은 인공낙차 밑으로 몰려와 복작거리고 있는 것이다. 하지만 죽음의 그림자가 서서히 다가오고 있다. 낮이면 얄밉도록 내려 쬐는 불볕으로 물이 졸아들고, 밤이면 살랑거리는 바람이 이슬마저 걷어 간다.

내가 이 생명들을 위해 할 수 있는 방법은 단 한 가지

뿐이다. 그물을 내려 녀석들을 건져 함지박에 담아 차에 싣고 30분 정도면 갈 수 있는 조정지 댐으로 가 거기다 풀어 주면 된다. 그 일을 실행하고 싶어도 선뜻 나서지 못하는 것은 남편이 한사코 이를 저지하고 있기 때문이다. 그가 저지하는 이유는 모래와 자갈이 깔린 여울에서 살던 녀석들을 오수로 뒤범벅이 된 물에다 갑자기 놓아 주면 병을 얻어 죽을 확률이 높다는 것이다. 다음에는 살아 남는다 해도 잉어나 가물치, 송어 같은 큰 고기들의 밥이 되기 십중팔구라는 것이다. 남편의 말에도 일리가 있어 고집을 부리지 못하고 애만 태우고 있다. 그러나 만약의 경우 일주일 안에 비가 오지 않거나, 주위에서 누군가 그물을 던져 또다시 매운탕거리로 삼는다면 나는 가차없이 구조물을 이용하여 녀석들을 조정지 댐으로 싣고 갈 작정이다. 그 다음의 일은 저들의 운명에 맡길 수밖에 없을 것이다.

이러한 나의 행동을 설령 누군가 "그까짓 물고기가 뭐 그리 대수라고 유난을 떠느냐" 비아냥거려도 나는 귓등으로 흘려 버리고 말 것이다. 땅 속에는 미물이 살아야 하고, 물에는 물고기들이 살아야 하며, 땅 위에선 숲과 발이 달린 짐승들이 살아야 하기 때문이다. 이들과 공존해야 인간도 행복할 수 있기 때문에 그러는 것이다.

오늘밤은 물고기들을 위한 연가라고 불러야 이 뻐근한 목젖을 가라앉힐 수 있을 것 같다.

(2001년 여름)

젖어미

1. 불임의 땅

지난 여름에 서역을 다녀왔다. 동아시아와 유럽을 이어 주는 '실크로드'에서의 여정은 몹시 힘들었다. 열사(熱砂) 의 바람이 끊임없이 불어오는 대지에 기적처럼 세운 도시 와 고대인들이 남기고 간 유적을 찾아, 비행기와 기차와 버 스를 번갈아 타고 7박 8일을 집시처럼 떠돌았기 때문이다.

거기에서 처음으로 생명을 잉태하지 못하는 불임의 땅 을 보았다. 불임의 땅은 눈물겹도록 쓸쓸했다. 우루무치 로 가는 비행기 안에서 내려다 본 광활한 평원은 건초처 럼 메말라 있었고, 황사의 발원지인 황토고원과 검은 흙 산이 미이라처럼 누워 있었다. 바람에 살이 깎여 나가고 태양이 습기를 삼켜버린 그 곳은 대지를 '어머니'라고 부 르는 문학적 은유마저 완강하게 거부하였다.

그래도 사람들은 열심히 살고 있었다. 우루무치, 쿠차, 유원, 하밀, 돈황, 투루판에 발을 붙이고 있는 사람들은 천산에서 내려오는 젖줄에 매달려 도시를 세우고, 양을 치고 관개수로를 이용하여 목화와 포도와 하미과를 경작하면서 그런대로 역사와 문화와 전통을 이어가고 있었다. 천산의 덕이었다. 천산이 머리에 이고 있는 만년설이 아니었다면 고비사막에 둘러싸인 그 도시들도 저 타클라마칸 사막의 모래바람 속으로 사라진 '누란'과 같이 참담하게 몰락하고 말았을 것이다.

'누란'은 오아시스 도시였다. 타림 강이 로브노르 호수로 흘러드는 삼각주 위에 세워진 '누란'은 한때 서역에서 가장 경제와 문화가 번성했던 곳으로 알려졌다. 그런 고대의 한 도시를 지구상에서 흔적도 없이 지워버린 것은 모래바람이었다. 수시로 불어오는 모래폭풍이 악마의 손길처럼 도시로 뻗치면서 강과 호수를 삼켰고, 역사와 문화와 전통을 유린했다. 사람들은 물을 찾아 '누란'을 버렸고 인적이 끊긴 도시는 깊은 모래 바다 속으로 함몰되고 말았다. "문명 앞에는 숲이 있고, 문명 뒤에는 사막이 남는다"고 한 샤트 브리망의 말이 옳았다.

나는 첫 기착지인 성도에서 시작하여 우루무치, 돈황, 유원, 하밀, 그리고 마지막 코스인 투루판까지 비행기와 기차와 버스로 이동하면서, 그 모든 도시들이 언젠가는 '고창국'이나, '교화국'이나 또는 '누란'처럼 전설만 남기고 사라질지 모른다는 생각을 했다. 만일 지구의 온난화 현상으로 천산에 만년설이 녹아버리면 인간의 생존이 불가능함은 자명할 것이다. 지각변동이 일어났던 것도 아닌데 강물이 흘러간 흔적과 호수의 퇴적층이 곳곳에 널려 있었다. 메마른 벌판, 검은 뼈대만 앙상한 산, 황량함을 느끼게 하는 강의 퇴적층이 이처럼 불길한 예측을 가능케 했다. 게다가 해마다 누란을 함몰시킨 바람이 계속해서 모래의 영토를 확장해 나가고 있지 않는가. 이것을 막기 위해 중국은 '서부 대개척'이란 거대한 계획을 추진하고 있다지만 돈을 쏟아부어야 하는 모래바람과의 싸움은 그리 만만치 않을 것이다.

사실 내가 서역으로 떠나기 전부터 호기심을 가졌던 곳은 '사막의 미술관'으로 알려진 돈황석굴과 명사산이었다. 모래가 현악기처럼 맑은 공명을 낸다는 명사산 남쪽 사암(沙岩) 기슭에 있는 천여 개의 감실을 눈으로 직접 확인해 보고 싶었다. 천년 동안 수많은 화공들과 조각가와 역경사들이 만들어 놓은 감실 속의 불상과 벽화들이 사뭇 호기심을 부추기었다.

답사 매니아들을 따라 인천공항에서 성도로, 성도에서 우루무치를 거쳐 세 번째로 당도한 돈황이란 도시는 공항 로비에서부터 그 분위기가 달랐다. 공항 로비에서만 아니라 호텔 로비에서도, 공후를 손에 들고 있는 보살상의 고요한 미소가 우리들의 피로를 보듬어 주었기 때문이다. '사막의 미술관' 어딘가에서 모방한 조형물일 것이란 지레짐작으로 허투 넘기려 했으나 서서히 그 분위기에 끌려들었다. 문화의 고졸함이란 땅과, 공기에까지 밴 연후래야 지나가는 나그네의 발길을 잡을 수 있다는 사실이 놀라웠다.

2. 월아천(月芽泉)

여행 네 번째 날 아침나절에, 일행은 명사산으로 향했다. 모래가 쌓여 이루어진 그 산은 바람이 불거나 사람이 산에 오르면 울고, 밟으면 부서진다는 말이 해조음처럼 가슴을 설레게 했었다. 그러나 엷은 황금빛이 감도는 8월의 명사산은 공명을 일으키지 않았다. 모래의 입자가 하도 고와 부서지기는커녕 실크자락처럼 발목을 감고 자꾸만 뒤로 끌어내렸다. 낙타의 등에서 내려 대나무로 사닥다리를 타야만 올라 갈 수 있었던 그 산의 정상에서 본 시계(視界)는 개벽한 태초의 모습이었다. 아니면 모래의 조형물들을 설치해 놓은 대단원의 전시장 같기도 했다. 새삼 풍백의 위력이 느껴졌다. 바람의 신이 아니고는 고운 입자로 삼각주가 분명한 피라미드와도 같은 산을 무슨 재주로 만들 수 있었겠는가. 음조의 높낮이처럼 이어지는 형상에 경탄을 바치고 나서 모래를 한 움큼 쥐어 보았다. 그리고는 어느 생물학자의 말을 생각했다. "우리가 무심히 떼어놓는 한 번의 발자국 밑에는 4만 마리나 되는 미생물이 있다"고 했던 그의 말을.

하지만 내가 손으로 움켜쥔, 그 한 줌의 모래 속에는 단 열 마리의 미생물도 살아 있을 것 같지 않았다. 이슬조차도 내리지 않으니 물의 윤회도 없을 터였다. 이슬의 전생과 구름의 전생과 비의 전생이 하나의 원융(圓融)이란 것을, 그 원융에서 유기질과 무기질이 발생하는 고리의 순환을 거부한 채, 오직 불볕과 모래바람의 폭정만 난무하는 고독한 땅이었던 것이다.

　낙타는 달관자의 모습으로 멀리서 온 나그네들을 싣고 불임의 고독한 땅을 묵묵히 걸어갔다. 낙타의 고삐를 잡은 소녀도 낙타처럼 걸으며 우리를 월아천(月芽泉)으로 인도하였다. 낙타와 소녀는 오아시스를 찾아가는 동안 내내 나를 우울하게 했다. 평생을 사막의 짐꾼으로 살아야 하는 낙타의 운명과, 불과 열 대여섯 살쯤 되었을 소녀가 하루 종일 밑창이 얇은 운동화를 신고 뜨거운 모래펄을 걸으며 길라잡이를 한다는 것이 안쓰러워서였다. 낙타에게는 고삐를 풀어 풀을 양껏 먹여주고, 소녀에게는 신록이 아름다운 한국의 5월을 보여주고 싶었다. 5월의 신록을 보여주고 그 나이에 맞는 꿈과 희망을 안겨주고 싶었다. 그런 생각들로 흔들리는 낙타의 요람이 못내 가시방석이었다.

　문화 순례자들은 마침내 낙타와 소녀를 따라 월아천에 도착했다. 거기에는 물이 있었다. 젖어미가 희뿌연 사막 한 가운데에 앉아서 젖가슴을 열어 놓고 목마른 자들을 기다리고 있었다. 사람의 눈을 속이는 신기루가 아니었다. 물가에는 나무도 있었고 갈대와 온 몸을 가시로 무장한 낙타풀도 연보라 꽃을 달고 있었다. 누각 마당에는 꽃밭도 있었고, 꽃밭에는 우리 집 정원처럼 백일홍, 분꽃, 과꽃, 족두리꽃도 다 있었다. 젖어미가 젖을 물려 기른 어여쁜 생명들이었다.

여인이 그 곳에 자리를 잡은 것이 언제부터였는지는 아무도 모른다. 어쩌면 사막과 함께 생겨서 지금까지 그렇게 초승달처럼 고운 자태로 사람들의 발길을 기다려왔을 것이다. 모래의 폭정에 유린당하지 않기 위해 밤이면 입을 크게 벌려 달의 기운을 받아 수맥에 저장하였을 것이다.

다만 분명한 것은 중국의 비단이 그 길을 따라 멀리 로마나 인도로, 혹은 러시아 등지로 유출되었다는 점이다. 당시에 수많은 대상들과 승려들이 낙타를 끌고 그 여인의 젖가슴에서 목을 축이고 여정에 지친 몸을 쉬어 갔다는 사실이다. 국적도 묻지 않고, 종족도 가리지 않고 찾아오는 모든 목숨들을 다 품어주던 젖어미는 8월의 모래바다 한 가운데에서 한 곳도 흐트러짐 없이 의연했다.

나는 돌아와 물을 마실 적마다 그 어미를 생각했다. 희뿌연 모래밭에서 가슴을 열어놓고 생명 있는 중생들의 갈증을 풀어 주었던 무한한 관음의 젖가슴을 잊을 수가 없었다. 하여 지금까지 살아오면서 아무렇지도 않게 써버린 물과, 이 강산과 국토를 푸르고 기름지게 한 젖어미들에게, 그리고 공장의 폐수로, 또는 도축장으로 들어가 죽은 소들의 핏물을 씻어내는 거룩한 관음에게 이 부족한 글을 정중하게 헌사한다.

(2002년 9월)

풀 뽑는 여자의 변

전원생활을 시작하고부터 풀 뽑는 일로 많은 시간을 소비한다. 망초나 비노리, 냉이, 벌금다지 같은 것들은 춘분만 지나면 채마밭이건 잔디밭이건 가리지 않고 영토 확장에 나선다. 근성이 강해 겨울에는 바람의 저항을 최대한 적게 받으려고 포복하듯 엎드려 있다가도 땅이 풀리면 기세 등등하게 일어선다. 하루가 다르게 새로 돋아나는 놈들까지 합세를 하면 영락없는 묵정밭이다. 이렇게 되면 풀 뽑기를 서둘러야 하는데 이 때는 참으로 미안하다. 단지 식탁에 오르는 먹거리가 못되고 잔디가 아니라는 이유만으로 가차없이 공격을 당하기 때문이다. 저들도 나름대로 혹독한 추위를 견디느라 안간힘을 썼을 것이고 종족 보전을 위해선 불가피 그럴 수밖에 없었을 것이다. 그런 것들에게 호미란 무기로 무차별 공격을 가하노라면 때로는 내 손이 너무 죄를 짓는다는 생각이 든다.

그러나 이건 어쩔 수 없는 필연이다. 아무리 자연주의자라고 해도 풀들에게까지 생명 존중을 부여한다면 한

끼니의 밥도 해먹을 수가 없다. 다만 내가 관리하는 영역 외의 것들에게는 관대하다. 사실 생명 있는 것들 치고 나무와 풀들만큼 무저항으로 목숨을 잃는 것도 없다. 날개도 없고, 발도 없고, 물고기들처럼 지느러미조차 없다. "지렁이도 밟으면 꿈틀한다"는 말도 있건만 나무는 전기톱에 몸통이 전부 잘려 나가도 비명 한 번 지르지 못한다. 이러하기는 풀도 마찬가지다.

대신 풀들은 흙으로부터 무한한 지원을 받고 있다. 헤아릴 수 없이 많은 씨앗들을 숨겨 놓고도 내색도 않는다. 때문에 아무리 뽑아도 며칠만 지나면 그 다음 세대들이 푸른 깃발을 들고 나온다. 우리들을 지구에서 멸종시킬 생각은 아예 말라는 듯 소리 없이 이어지는 장기 항전은 된서리가 내려야만 끝이 난다.

오늘도 나는 그들의 항쟁에 호미를 들이댄다. 호박 넝쿨이 올라갈 자리를 다 차지해 버린 한삼을 진압하기 위해서다. 가을에 떨어졌던 씨앗이 언제 저렇게 일제히 함성을 지르며 지표를 헤치고 나왔는가 모르겠다. 벌써 잎과 줄기에 깔끄러운 털로 무장을 하고 파죽지세로 뻗어 나가고 있다. 지금 진압하지 않으면 호박이 포로가 될 판이다.

장갑 낀 왼손으로 넝쿨을 감아쥐고 뿌리 밑으로 호미를 들이댄다. 순간 아주 오래 전에 닭 목을 비틀던 닭집 여자의 얼굴이 떠오른다. 70년대 후반쯤으로 기억되는 어느 여름날에 있었던 일이다.

삼계탕을 먹고 싶다는 남편의 주문 때문에 닭 파는 집을 찾아 나섰다. 늘 어머니께서 장을 봐다 준 덕으로 닭집을 찾아 나서 보기는 그 날이 처음이다.

닭집은 좌판이 늘어선 시장 중간쯤이었다. 낡은 건물 아래층에 간판이라곤 좁은 베니어판에다 검정색 크레파스로 '생닭 팝니다'라고 쓴 것이 전부였다. 30대 초반으로 보이는 여자가 껌을 질겅질겅 씹으며 나와선 기웃거리는 내게 말을 건넸다.

"닭 잡아 줍니다. 골라 봐요."

그녀의 말에 초록색 페인트칠을 한 철조망 앞으로 다가섰다. 그 안에는 수십 마리나 되는 닭들이 어느 순간에 죽을 줄도 모르면서 열심히 모이를 쪼고 있었다. 나는 제법 살이 통통하게 오른 붉은 암탉을 손가락으로 가리켰다.

여자가 그 암탉을 잽싸게 꺼내어 앙정없이 두 날개를 싸잡아 쥐고는 목을 비틀자 닭은 이내 몸을 늘어뜨렸다. 그 닭이 설설 끓는 양은솥과 털을 뽑는 기계를 거쳐 나왔을 때에는 털이 몽땅 빠진 처참하기 이를 데 없는 모습이었다. 여자는 처참한 몰골의 닭을 도마 위에 올려놓고 익숙한 솜씨로 목의 심줄과 내장을 꺼내고 고무함지에 받아 놓은 물을 바가지로 떠서 끼얹었다. 검붉은 핏물이 걸쭉하게 하수구로 빠져나갔다.

닭 한 마리가 죽어 가는 일련의 과정은 신속하게 끝났다. 여자는 닭을 검정 비닐봉투에 담아 내게 주었고, 나는 만 원짜리 지폐를 건넸다. 여자로부터 눅진하고 비린 내나는 거스름돈을 받아 들고 나오면서 나는 몸을 떨었다. 전생에 무슨 업보를 짓고 태어났기에 하고많은 날을 저렇게 손에 피를 묻히고 살아야 하는가 싶어서였다. 닭의 모가지를 비틀면서 시종일관 껌을 질겅질겅 씹던 비인간적인 천연덕스러움을 증오하면서 나는 오랫동안 닭고기를 입에 대지 않았다.

지금은 내가 그 여자가 닭을 잡듯 풀을 뽑으며 살고 있다. 손바닥에 닭의 피가 아닌 풀물이 배어 있으므로 나는 더 이상 껌을 질겅질겅 씹으며 아무렇지도 않게 닭의 모가지를 비틀던 여자를 증오할 수가 없다. 아니 그런 행위를 비인간적이라고 단정지어 말할 수도 없다. 그 여자의 비인간적인 행위로 인하여 인간적인 사람들이 너무나 인간적으로 닭고기를 맛있게 먹을 수 있었기 때문이다. 밤바다에서 고기를 잡는 어부들도, 겨울 바다에서 물질하는 해녀들도 인간적인 사람들을 위해, 고상한 척 하는 사람들을 위해 닭집 여자와 같이 살고 있으므로 나는 살생을 업으로 하는 모든 이들에게 위로의 말을 전하고 싶다. 인간적이고 고상한 사람들이 때로는 더 비인간적일 수도 있을 것이란 생각이 들어서다.

올 여름에도 나는 많은 풀들을 희생시킬 것이다. 손톱 밑에 늘 풀물이 들어 있겠지만 그래도 풀뿌리까지 녹인다는 '크라막손'이란 제초제만은 한사코 쓰지 않는다. 그것만으로도 핑계도 없이 나무를 꺾거나 풀꽃을 따는 이들보다 훨씬 인간적일 것이다.

　내가 손톱 밑에 풀물을 들이면서도 '크라막손'을 쓰지 않는 것은 땅과 곤충들을 살리기 위해서다. 곤충들이 생화학 무기로부터 유일하게 피할 수 있는 곳은 우리 집 정원뿐이다. 여름내 과수원이건 논이건 고추밭이건 농약과 제초제를 살포하지 않는 곳이 없다. 때문에 우리 집 주변과 정원은 곤충들의 은신처로는 최고다. 풀들에게는 몹쓸 짓을 했어도 곤충들에게는 '정의의 사도'인 셈이다. 고것들은 '정의의 사도'가 있는 곳을 용케도 알고 모여든다. 여름밤에는 발걸음을 떼어놓기가 조심스러울 정도로 여치며 송장메뚜기며 방아깨비며 벌레들이 굼실거린다. 이것만으로도 내가 아주 인간적이라고 말한다면 자성과 절제를 모르는 사람이라고 탓할지도 모른다. 그래도 나는 아주 인간적이라고 주장할 것이다.

(2002년 여름)

굼벵이의 열반

녹음이 무성하다. 온 산하를 꽃으로 수놓던 봄이 저물고 수풀이 우거지고 나뭇잎이 우쭐거리더니 산이 집 앞으로 바싹 다가섰다. 이래서 옛사람들은 여름을 하도장성(夏道長成)이라 했던 모양이다.

그러나 어찌 여름의 도가 저 산하를 장성하는 데만 뜻을 두었겠는가. 무성한 녹음 속에서 '한 여름날의 꿈'을 합창하는 매미들의 탈바꿈도 마땅히 꼽아야 할 것이다. 자그마치 땅 속에서 짧게는 2~7년을, 길게는 13~17년 동안 굼벵이로 살아온 미물이 어느 날, 등에 날개를 달고 공중으로 날아오를 때의 모습은 상상만으로도 눈부시다. 게다가 투명한 도란형의 날개에 무늬처럼 뻗어나간 망상맥은 또 얼마나 삽상한가. 매미는 그 삽상한 두 쌍의 날개를 다는 순간 공중을 날 수 있다는 사실이 꿈만 같았으리라. 그러기 위해 습습한 땅 속에서 견디어 온 세월의 길이란 참으로 길고도 지루하였을 것이다.

문득 위편삼절(韋編三絶)이란 고사가 떠오른다. 공자께서 만년에 『주역』을 좋아하여 책(竹簡)의 가죽끈이 세

번이나 끊어지도록 읽었다해서 생긴 말이지만, 가죽끈을 세 번씩 갈아 끼워 가며 책을 읽었던 그분을 생각하면 앎의 희열이 어느 정도인가 짐작하고도 남는다. 하긴 평민의 신분으로 출생하여 성인의 경지에 오를 수 있었던 것은 생의 8할을 책 속에 묻혀 살았기 때문일 것이다. 오죽하면 읽는 즐거움에 빠져 밥 먹는 것도 잊고, 근심도 잊고 세월이 흘러 몸이 늙어 가는 것조차 몰랐다고 하였을까.

주자(朱子) 역시 대학(大學)을 예기(禮記) 가운데서 독립시켜 유학의 경전으로 완벽하게 체계화시키는데 일생을 걸었던 분이다. 지금도 고전을 좋아하는 이들에게 필독서로 읽히고 있는 대학은 주자의 이와 같은 노력에 의하여 이루어진 것이니, 매미가 땅 속에서 살아온 세월은 여기에 비하면 아무 것도 아닌 셈이다.

지금은 잡지사에서 보내오는 원고 청탁마다 가능한 이메일이나 디스켓으로 작품을 보내달라는 단서를 붙인다. 편집할 때 다시 옮겨 치는 불편함을 덜기 위해서다. 그 바람에 글 쓰는 사람들에게는 함부로 범할 수 없는 성지와도 같았던 원고지가 문방구에서조차 괄시를 받아 먼지 낀 구석에 처박혀 지내는 신세로 전락하고 말았다. 그나마도 언제 사장될지 모르는 처지다. 펜대를 잡고서 자음과 모음으로 문장을 엮어 원고지 칸을 메워나가던 작가들이, 컴퓨터란 요술상자 앞에서 키보드로 빠르고 정확하게 쓰고 있기 때문이다.

이렇게 편리하기는 글쓰기에만 한정된 것이 아니다. 문학에 관한 정보는 물론, 신문마저도 마우스만 클릭하면 원하는 대로 골라서 읽을 수 있다. 문우들과의 편지왕래도, 물건을 구매하는 일도, 돈을 송금하는 것까지 컴퓨터가 능소능대하게 해결해 준다. 속도와 정확성만이 새로운 패러다임으로 살아남는 시대의 변화는 참으로 놀랍다. 매미가 되기 위해 굼벵이가 땅 속에서 품었던 장성(長成)의 미학이나, 공자님의 『주역』 읽기나, 주자가 『대학』을 정립하는데 일생을 걸었던 것에 비추어보면 참으로 기막힌 변화다.

어느덧 산 그리매도 지워지고, 물색 없이 바지랑대로 기어올라간 청개구리의 얇은 뱃가죽이 발랑거린다. 바야흐로 매미들이 오늘의 피날레를 장식할 시간이다. 말매미는 구새먹은 느티나무에서 바리톤으로, 쓰르라미는 누름 나무에서 베이스로, 참매미는 살구나무 상가지에서 테너로 우렁차게 화음을 이룬다.

매미들이 이렇게 노래를 부를 수 있는 날은 길어야 20일 정도밖에 되지 않는다. 때문에 배에 달린 발음기(변막)를 한껏 열어 놓았을 것이다. 성악가가 높은음을 낼 때에 아랫배에 힘을 주듯, 목에 정맥이 불끈 솟듯, 매미들도 고음으로 목청을 뽑을 때에는 꽁무니를 파르르 떤다. 몸 속의 모든 기(氣)가 변막으로 쏠리기 때문이다.

그렇게 꽁무니를 떨어가며 노래를 부르는 것은 굼벵이가 매미가 되었다는 것을 세상에 알리기 위해서다. 또 매

미가 울어야 여름이 더 여름다울 수 있다 해서다. 그러나
어느 서슬엔가 저들의 노래도 그치고 말 것이다. 그러면
나는 손수건을 들고 산으로 올라가 조금은 비장한 목소
리로 '굼벵이가 열반했노라' 초혼이라도 불러주고 내려오
리라.

(2001년 여름)

외로운 축제

거실 창 앞에서 팔짱을 끼고 은사시 목피가 시리게 빛나는 앞산을 바라다보고 서 있었다. 문득 장자의 「대종사」편에 나오는 글귀가 떠올랐다.

"무릇 얻음은 때를 얻음이요 잃음이란 차례가 됨이로다(夫得者時也失者順也)."

오늘 세 번째로 수상 소식을 받았다. 이번에는 수필과 비평사로부터 상을 타게 된 것이다. 또 한번 때를 얻은 셈이다. 하지만 얻음과 잃음이란 본시 빛과 그림자의 소이와 같다. 장자께서는 이를 경계하여 "때를 얻음에 조용히 하고, 잃음에 있어선 편히 머물라" 하였지만, 자꾸만 눈앞이 흐려진다. 오랜 유랑을 끝내고 귀향의 강가에 서 있는 듯한 감회가 일시에 밀려오는 때문이다.

명치끝까지 차 오르는 느꺼운 감정을 다독거려 볼 요량으로 일몰이 잠기는 물가로 나갔다. 저수지라고 하지만 협곡을 막아 담수를 채운 곳이어서 만만한 수면 속에는 해종일 산그림자만 고즈넉하다. 하지만 오늘은 바람도 세찬 데다 날마저 저물어 산그림자도 숨어버렸다.

서서히 땅거미가 짙어지고 있다. 굽은 등뼈처럼 직수 굿이 솟아오른 산뫼의 윤곽도 희미해지고, 끊임없이 출렁이는 물너울에 소름이 돋는다. 사방을 둘러봐도 아무도 없다. 어린 시절에도 항시 혼자였다. 늘 숨이 가빠 입술은 파리했고, 악성빈혈로 자주 쓰러져 공기놀이에서도 고무줄 넘기에서도 제 본을 따지 못해 아이들이 끼워 주질 않았다. 내가 할 수 있는 놀이란 혼자 땅바닥에다 그림을 그린다거나 양지쪽에서 쪼그리고 앉아 만화책을 읽는 것으로 소외감을 달래는 것뿐이었다.

그렇게 시작된 책읽기와 투병은 지금까지 이어져 왔다. 투병과 외로움으로 된 병렬적 구조에 의해 내가 할 수 있는 일이란 독서뿐이었기 때문이다. 책읽기만이 병과 외로움에서 오는 좌절감을 떨쳐 낼 수 있는 유일한 방편이었던 것이다.

생존의 방법으로 독서에 탐닉했던 것이 글쓰기의 연원이 되었다. 초등학교 때부터 글짓기와 그림에 타고난 재주가 있다는 칭찬을 비교적 많이 받은 편이었으나 작가가 되겠다는 희망을 품지는 않았었다. 정작 내가 하고 싶었던 학문은 법학이었기 때문이다. 가족들도 내가 건강하기만 하다면 법대를 보내고 싶어했으나, 악성빈혈과 결핵으로 정규적인 학교 수업도 받지 못하는 불운을 겪어야 했다.

그러나 그때의 불운이 내게 글을 쓰게 했다. 책이 머리 속에 쌓이고 쌓여서 펜을 들지 않고는 견딜 수 없게 만든 것이다. 이는 필시 누에가 뽕잎으로 몸을 키우고 나면 고치를 짓는 것과 다름없다고나 할까.

제 몸 속에서 실을 뽑아 고치를 짓기까지 오빠들의 도움이 컸다. 두 분의 친오빠와 사촌과 육촌까지 도합하면 열 분이 있었는데 지금은 안타깝게도 지하 명부에 전입 신고를 내신 분들이 더 많다. 그 분들은 하나같이 나에게 있어선 더없이 훌륭한 교사들이었다. 음악적인 자질을 가진 분은 음악에 대한 것을, 원예학을 전공한 분은 꽃과 나무와 풀들에 대한 지식을 심어 주었다.

그 중에서도 내게 가장 영향을 많이 끼쳤던 분은 사촌 오빠였다. 큰아버지의 둘째 아들로 태어나신 그분은 태산목처럼 건장했으며 문학청년이기도 했다. 국문과는 배 곯아 죽기 십상이라고 담배농사를 많이 짓던 백부께선 한사코 연초과로 보냈다. 대학 4년 동안 자주 용돈을 털어 『닥터 지바고』, 『카라마조프가의 형제들』 안톤 체홉의 단편소설은 물론 마리아 릴케, 헤세, 타고르, 소월과 윤동주의 시집을 사다가 작가들과의 미팅을 주선해 주었다. 군복무 3년 동안에도 자신이 사서 읽었던 문학지와 사상계 등을 몽땅 내게 가져다주어 책 읽는 호사를 누리게 해줄 만큼 사촌 여동생에 대한 사랑이 각별했다.

오빠는 제대 후 직장을 잡자 곧바로 결혼을 하였다. 그런데 어찌된 일로 태산목같던 분이 결혼 생활 5년 만에 결핵으로 몸져눕게 되었다. 처음에는 직장을 다니면서 치료를 받았으나 점점 병세가 깊어지자 뒷방으로 옮겨졌고, 그 다음은 동네에서 멀리 떨어진 외딴집으로 유배되었다. 그 집 문턱을 드나들 수 있는 사람은 새언니뿐이었다. 아내의 지극한 보살핌에도 불구하고 결국 그 외딴집에서 살 한 점도 지니지 못한 처참한 몰골로 우리들 곁에서 떠나가셨다. 그리고 5년 후에는 새언니마저 어린 남매를 남겨 두고 남편의 뒤를 따라가고 말았다.

오빠의 모습은 뇌리에서 지워지지 않았다. 언젠가 나도 외딴 곳으로 위리안치되어 거기서 죽을 것이란 두려움에 몸을 떨었다. 어느 작가는 "두려움을 이기는 것은 힘이 아니라 울음"이라고 하였지만 난 울지도 못했다. 내 몸 안에서 창궐하는 죽음의 세포들을 이길 수 있는 것은 울음이 아니라 삶을 체념하는 것이었다. 운명과 대결을 포기하면 두려움도 없을 터였으므로 몸소 세상과 선을 그어야 했다. 그러기 위해 열아홉 소녀는 서둘러 대전 메디칼센터에서 약을 타 들고 산골 암자로 잠적하였다.

그곳에서 비로소 삶을 체념한 평온한 상태에 머무를 수가 있었다. 이미 오래 전부터 마음을 비우는 법과, 혼자 있는 것에 길들여져 있었던 관계로 빈방이 오히려 편안했다.

낮에는 산으로 쏘다녔고, 밤이면 선반 위에서 먼지를 뽀얗게 뒤집어쓰고 있는 고서를 찾아 읽었다. "새벽 이슬 속에 한 송이 금빛 국화가 피어나기 위해 간밤에 무서리가 내리더라"는 백거이의 시 한 편만으로도 외부와의 고립쯤은 아무것도 아니었다. 게다가 고전국역총서에서

『퇴계집』,『율곡집』.『익재난고』과『열하일기』를 읽으며 고전문학에 눈을 뜨게 되었다. 제왕의 자리와도 바꾸지 않는다는 젊은 시절을 이렇게 산사의 뒷방에서 책과 더불어 살았던 것이다.

　세월이 흘렀다. 문단의 말석에 이름 석 자를 올린 지도 이러구러 열네 해가 되었다. 무엇인가 쓰지 않고는 견딜 수 없는 절실한 정신의 갈증을 풀기 위해 삶의 의미와 본질에 대한 사유를 탁본하듯 성심을 다해 몰입하였다. 글에 대한 높낮이를 겨루어 보고자 하는 생심도 내보지 않았고, 상이나 명예도 탐해 보지 않았다. 오로지 쓰는 작업만을 통해 속을 비워 낼 수 있었고, 정직하게 흘려보낸 눈물어린 언어들이 모여 가슴 차오르는 노래가 되었다. 이 노래를 누가 들어주면 고마웠고, 들어주지 않으면 '혼자서 불러 본 노래였거니, 그것이 내 생의 정조(情調)이었거니, 빈방에서 나 혼자 벌린 지성의 축제이었거니' 여겼다.

　이러한 글 쓰기가 헛되지 않았던지 월간수필문학상과 충북수필문학상에 이어 신곡문학상을 수상하게 되었다. 그리고 갑년인 금년에 선우에서 선집을 내기로 되어 있으니, 참으로 뜻밖의 영광이 아닐 수 없다. 하여 외톨박이로 밀려나 땅긋기와 만화경으로 소외감을 달래던 유년의 뜰과, 문학청년의 꿈을 동생에게 넘겨주고 마을 외딴집에서 쓸쓸하게 눈감으셨던 사촌오빠와, 저 산골 암자 뒷방에서 마음 외롭고 가난하여 고서에 탐닉했던 시절에

손들어 답하지 않을 수가 없다.

산으로 들어와 비로소 영혼의 닻을 내리게 되었다. 낮은 땅에 엎드려 텃밭을 가꾸며 하심(下心)을 배웠고, 내 손으로 키운 상추며 오이 호박을 따다가 밥상을 차리면서 생의 의미와 인간에 대한 정애(情愛)를 새로이 깨달았다. 앞으로는 가능한 삶의 본질과 농촌 생활의 정서를 작품으로 오롯하게 담아내고 싶다. 그래야 문학과 생활이, 도시와 농촌이 서로를 아우르며 삶과 예술이란 총체에 보다 가깝게 접근할 수 있을 것 같아서다.

(2004년 정초에)

金愛子 연보

1944년 9월 14일(음력), 충북 충주시 엄정면 미내동 47
번지에서 아버지 金天如와 어머니 申任德 사이에
서 출생하였으나 어머니께서 임신중독으로 출혈
이 심하여 아기를 낳고 곧바로 실신하였음. 아기
역시 질식한 상태라 탄생의 첫울음도 30분이 지
나서야 오만상을 찡그리고 비명에 가까운 소리로
울어 제 존재의 확신을 세상에 알림. 그로부터 배
고픔과 생리적인 불편을 해결하기 위한 최초의 노
동이 시작됨.

1944년 9월 21, 내가 태어난 지 일주일 만에 어머니의 병
세가 위독하여 만주 길림에서 아버지가 돌아오심.
딸의 출생 기념으로 동편 화단에 매화를 심으시
고, 딸과 첫 대면하였음. 태몽이 길하여 후일 법
학을 전공시킬 것이라며 어머니께 3년 후 가족들
을 모두 상해로 데려갈 것을 약속하고 떠나가선,
이듬해 해방 사흘 앞두고 만주 길림성 부여현 동
문외구에서 서른여섯에 영면하심. 나는 10개월
된 재롱둥이 아기였음.

1950년 6·25 전쟁으로 사랑채가 불타자 미내동 집을 팔
　　　　고 용산리 407번지로 이사하여 내 정서의 밑바탕
　　　　을 자연의 찬연한 빛깔로 채우게 됨.

1954년 8세에 입학하였지만 한 달을 버티지 못하고 중퇴
　　　　를 거듭하는 통에 10세가 되어서야 어머니께서
　　　　오빠들에게 번갈아 자전거로 등교시킬 것을 명하
　　　　여 초등학교 3학년까지 자전거와 큰오빠의 등에
　　　　업혀 다녔음.

1959년 엄정초등학교를 졸업할 무렵 늑막염과 뇌빈혈로
　　　　자주 쓰러져 진학을 포기할 수밖에 없었음. 한문
　　　　은 어머니께 배우고 중학교 학과는 집안의 오빠들
　　　　에게 지도 받음.

1963년 늑막염은 치료되었으나 결핵이 3기로 접어든 상태
　　　　라 63병원에서 군복무를 하던 둘째오빠의 주선으
　　　　로 대전시 문창동에 방을 얻어 메디칼센터에서 치
　　　　료를 받게 됨. 이로 쓸쓸하여 아름다운 '문창동 시
　　　　대'가 열림. 오빠가 사다 준 축음기로 사라사태의
　　　　「찌고이네르바이젠」과 브람스의 「헝가리 무곡」을
　　　　처음 듣고는 아름다운 선율에 반했음. 여름방학에
　　　　는 대전사범학교 여학생을 개인교사를 두고 고등
　　　　학교 학과를 배우기 시작함(그 여학생은 후일 작은
　　　　오빠와 결혼하여 시누와 올케로 가족 관계를 맺음).

1964년 복용하던 스트렙토마이신의 부작용으로 위장염과
　　　　신장염을 일으켜 치료를 중단하고 제원군청(현 제
　　　　천시청)에 근무하던 오빠의 주선으로 제원군 백운

면에 있는 한 암자로 피접을 떠남. 여기서 먼지 낀 고서를 만나 고전에 재미를 붙이게 되었고, 헤세의 『싯타르타』에 나오는 사공 바스테바의 영향을 크게 받아 홀로 계곡이나 산으로 들어가 명상에 잠기기를 좋아하였음. 평생 동안 삶에 매이지 않은 완전한 자유를 그토록 누려본 적이 다시는 없음.

1967년 병세가 많이 호전되어 오빠들의 권유로 학원으로 들어가 타자와 주산을 배우고, 실력을 시험해 보고 싶어 5급 공무원 시험에 응모하였음. 필기시험에선 합격하였으나 신체검사에서 낙방하여 입산할 것을 결심했다가 곧 어머니를 생각하고 다시 대전으로 내려가 문창동 아지트에서 무위도식하며 지냄.

1968년 충주 축협에 임시직원으로 근무하던 중 남편 이문우를 만나 청혼을 받음. 하지만 40kg의 몸무게로 한 남자의 반려가 될 자신이 없어 거절하였으나 끈질긴 설득에 감동하여 1969년 가을에 결혼식을 올리고 산동네에서 신접살림을 차린 후, 두 살 터울로 상형, 상수 형제를 둠.

1979년 10년 간 두 아이 엄마와 주부로서의 책임에 충실하면서 틈틈이 책을 읽음. 주로 불교 서적을 읽었는데, 『신심명과 증도가 강설』『禪學의 黃金時代』와 『元曉』『寒山詩』를 읽으며 불심을 키우게 됨.

1980년 청주시 수곡동으로 이사하면서 본격적으로 책방

순례를 시작함. 오빠들의 서가에서 뽑아 읽었던
가사문학을 다시 공부하면서 국립박물관과 간송
미술관, 인사동 화랑 출입을 통해 화랑 경영을 꿈
꾸며 부지런히 화집을 수집함. 『張旭鎭 화집』『小
痴實錄』『謙齊鄭敾』『李大源의 畵集』『季刊美術』,
김종영의 소묘가 곁들인 『초월과 창조를 위하여』,
강우방 선생의 『美의 巡禮』, 『崔淳雨 전집』, 『松
江, 蘆溪, 孤山의 詩歌文學』을 통해 시가문학의
가멸참과 미술 이론에 깊이 빠져 지냄.

1987년 책방을 골방쥐 제집 드나들 듯 하는 양이 한결같음
에 일성문고 주인이 충청일보사에 칼럼 집필자로
추천하여 3개월 간 여성칼럼을 맡음. 지면에 글이
나가자 현재 펜클럽 회장인 성기조 박사님께서 대
학원 교재로 쓰이는 「批評文學」을 3년 간 보내줌.
당시 성기조 박사님은 교원대학에서 국어교육과
교수로 재직중이었음.

1988년 나의 문학적 자질을 시험해 볼 요량으로 청주문협
주최로 열린 백일장에 응모하여 「공사판 사람들」
로 장원을 차지함. 그 해 가을에 '얼레'라는 독서
모임을 발족하게 됨. 신문사와 방송국 기자에서부
터 스님, 미술대 강사와 조각가, 음악교사 등 직
업이 다양한 사람들끼리 만나 여러 분야의 책을
교환하여 읽을 수 있었음.

1999년 KBS 청주방송국에서 '新春對話' 특집 프로(50분
짜리 TV)에서 전통놀이인 승경도를 소개함. 그

날 사회는 서원대총장 안재현 씨께서 맡아 주었음.

1990년 운보 김기창 화백의 자택에서 이번엔 '新春揮毫' 특집을 꾸미며 전통차와 다과를 선뵈었음. 이날 운보 선생님은 경오년에 걸맞게 말을 그리고, 서예가 운곡 선생은 시를 지어 KBS 본사로부터 최우수상을 타 제작팀들과 기쁨을 나누었음. 그 해 3월에 충북대학 김홍은 교수의 권고로 월간수필문학 3월호에 「놋화로」로 초회추천을 받고 그때부터 글쓰기에 심혈을 쏟게 됨. KBS 라디오 프로에서 '차 한 잔을 나누며' 프로 진행도 맡게 됨.

1991년 월간수필문학 3월호에 「공사판 여인들」로 천료되어 마침내 문학동네에 입성하고 충북대학 국문과에 들어갈 결심을 하였으나 심리학 교수인 이계원 선생이 셰익스피어, 루소, 레오나르 다빈치도 학벌이 높아 대가가 된 것이 아니라며 지금까지 읽은 책만으로도 충분하게 글을 쓸 수 있다고 만류하여 포기함.

1992년 서원대학 문예창작반에 들어가 1년 간 '현대문학의 이론과 실제' '수필문학론'을 수강함.(*문학을 위한 언어의 기능과, 수필문학이 개인적인 산물이 아닌 한 시대의 산물로 어떻게 쓰여져야 하는가를 보다 구체적으로 배우기 위해 수강을 신청하였음). *중부매일 칼럼 집필. *MBC방송국 라디오 프로에서 1년 간 '이 한 권의 책' 소개와 해설을 맡았음.

1995년 동양일보 '아침 창가에서' 칼럼 집필.

1997년 한국수필문학상 수상(1996년에 출간한 『달의 서
곡』으로).

1998년 충북수필문학상 수상.

1998년 청주지방법원 민사 및 가사조정사건 조정위원으로
위촉받음(임기 2년).

1999년 충주시 엄정면 가춘리 주동(수랫골)으로 들어와
집을 짓고 전원에 정착하여 텃밭과 숲을 가꾸며
살고 있음.

2002년 충주신문과 국민일보(여의도 에세이) 칼럼 4개월
간 집필.

2003년 충청북도 도정모니터로 위촉받음. 9월에는 문예진
흥기금으로 두 번째 수필집 『숨은 촉』 출간.

2004년 신곡문학상 본상 수상. 엄정 면민이 주는 '감사장'
받음(엄정면에 산재해 있는 유적과 전설. 연혁에 관
한 자료를 만들어 충주시청 홈페이지에 올린 공적).

■ 저서: 『달의 序曲』(1996년)

『숨은 촉』(2003년)

『미완의 집』(2004년)

김애자 수필선

미완의 집

1판 1쇄 인쇄/2004년 11월 20일
1판 1쇄 발행/2004년 11월 25일

지은이/김애자
펴낸이/이선우
펴낸곳/도서출판 선우미디어

등록/1997. 8. 7 제2-2416호
100-846 서울 중구 을지로3가 104-10
신성빌딩403 ☎ 2272-3351, 3352 팩스: 2272-5540

Printed in Korea ⓒ 2004 김애자

값/4,000원

ISBN 89-87771-075-8 04810
ISBN 89-8771-09-1 (세트)